KB078432

배우,
미친 흡입력

배우, 미친 흡입력 6

이산책 장편소설

초판 1쇄 찍은 날 § 2018년 6월 5일
초판 1쇄 펴낸 날 § 2018년 6월 12일

지은이 § 이산책
펴낸이 § 서경석

총괄팀장 § 최하나
편집책임 § 이종식
편집 § 김경민

펴낸곳 § 도서출판 청어람
등록번호 § 제387-1999-000006호
등록일자 § 1999. 5. 31
어람번호 § 제1-2914호

주소 § 경기도 부천시 부일로 483번길 40 서경B/D 3F (우) 14640
전화 § 032-656-4452 팩스 § 032-656-4453
http://www.chungeoram.com
E-mail § chungeorambook@daum.net

ISBN 979-11-04-91754-7 04810
ISBN 979-11-04-91645-8 (세트)

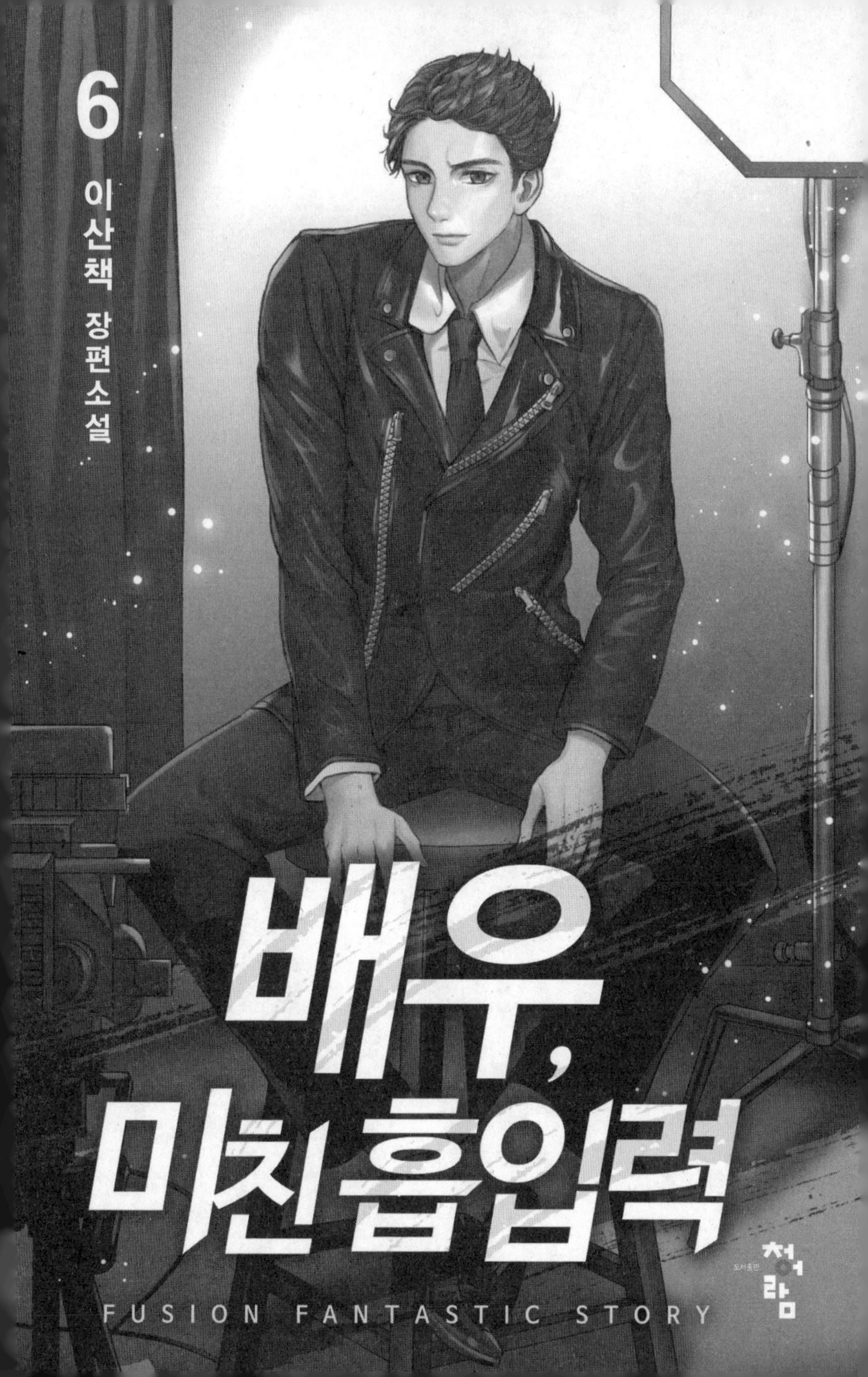
6
이산책 장편소설
배우, 미친흡입력
FUSION FANTASTIC STORY
청어람

Contents

S#1
거인의 죽음

  '치명적 러브'의 최종 스코어는 1,306만 명으로, 1,200만 대인 '결심, 하다'를 뛰어넘는 성적을 거뒀다.

  제작사에서도 예상하지 못한 초대박에 송하나 감독은 기쁨의 눈물을 흘렸다.

  주로 작품성으로는 인정을 받았지만 관객 수는 천만은커녕 오백만도 넘기지 못하던 터라 흥행 대박을 터뜨린 심정은 이루 말로 다 할 수가 없었다.

  1,300만 관객 돌파 축하 파티에서 그녀는 술에 취해 태웅을 붙들고 기분 좋은 듯 말을 쏟아냈다.

  "태웅 씨, 고마워! 내 한풀이를 태웅 씨가 해줬어! 다들 나

보고 잘 만들긴 하지만 잘 팔리는 영화는 못 만든다고 했다고! 봐라, 이 자식들아! 1,300만이야, 1,300만!"

"감독님, 정신 좀……."

"아이고, 우리 배우 예뻐라. 포옹 한번 해보자."

그녀가 술 냄새를 풀풀 풍기며 태웅을 덮쳤다.

주변에서 달려들어 간신히 떼어놓지 않았다면 대형 사고가 터질 뻔했다.

"감독님, 체통을 지키셔야죠!"

얌전한 최예린까지 그 광경을 보고 감독에게 버럭 소리를 질렀다.

하지만 이미 인사불성이 된 그녀는 갑자기 윗옷을 벗더니 아예 브래지어마저 벗으려는 듯 후크에 손을 갖다 댔다.

"아, 몰라! 더워! 답답해!"

"어어어어어!"

여자 스태프들이 우르르 달려들어 그녀의 몸을 가렸다.

다행히 그녀는 평생 이불 킥을 할 흑역사를 남기지 않을 수 있었다.

*   *   *

최예린은 복귀작을 통해 다시 화려한 스포트라이트를 받았고, 광고 출연 제의도 쇄도했다.

그녀가 끝났다며 은근히 무시하던 어린 여배우들은 다시 국민 여배우로 등극한 그녀를 보며 시기와 질투를 터뜨렸다.

"안 보던 사이에 성형한 거 아냐? 턱선이 좀 달라진 것 같은데?"

"어떻게 몇 년 동안 조금도 안 늙어? 분명 의학의 힘을 빌렸을 거야."

"유력한 스폰서 하나 물었다던데? 캐스팅도 몸 팔아서 했겠지, 뭐."

독한 루머가 돌았지만 슬럼프에서 회복한 그녀는 그 소리를 듣고도 빙긋 웃기만 했다.

"증거 싹 다 수집해서 고소를 때려 버려야지! 망할 것들!"

최예린의 매니저가 인터넷에 떠도는 댓글들을 보고 씩씩거렸다.

"딱 봐도 BH나 그쪽 계열 소속사 애들이 퍼뜨린 것 같은데, 가만히 두면 안 되겠어요."

"그냥 마음대로 떠들라고 해. 어차피 신경 안 써."

"누님, 이런 건 적극적으로 대응 안 하면 헛소리가 진실이 돼요! 이 바닥이 그렇잖아요!"

오랜 기간 최예린을 보필해 온 매니저가 억울하다는 듯 주먹을 불끈 쥐었다.

"그래도 우리가 대응하긴 힘에 부칠 거야. 난 소속사도 없는데."

전 소속사와의 분쟁 때문에 이제 기획사라면 신물이 나는 그녀였다.

그래서 소속사 없이 매니저의 도움을 받으며 활동하고 있었지만, 아무래도 이런 식의 조직적인 루머를 상대로 제대로 대처하기에는 역부족이었다.

깨톡.

'어머, 이게 누구야?'

갑자기 울리는 메신저 소리에 핸드폰을 꺼낸 그녀는 깜짝 놀랐다.

[잘 지내고 있어요?]

같이 영화 홍보 활동을 다닐 때 빼곤 거의 볼 일이 없던 태웅이 메시지를 보낸 것이다.

그녀는 가슴이 두근두근 뛰는 것을 느끼고는 답장을 보냈다.

[그럼요. 태웅 씨는 어때요?]

[거짓말. 요즘 별로 좋지만은 않을 텐데?]

이미 자신이 어떤 상황에 처해 있는지 알고 있는 것 같았다.

[실은 조금 힘들어요. 어디 의지할 데도 없고…….]

[소속사가 있어야 하지 않겠어요?]

[그건 그렇지만 믿을 만한 곳이 없어서…….]

[우리 회사 어때요? 사람 하나는 아주 괜찮아요. 조금 아재

스러워서 탈이지만.]

[정말이요? 태웅 씨 회사면 실버문이죠?]

[맞아요. 조건은 무조건 맞춰줄게요. 우리도 톱급 여배우가 필요하거든요.]

그녀는 실버문 대표인 윤철과의 미팅을 잡기로 했다.

워낙 험난한 연예계이다.

곳곳에서 사기꾼과 깡패들이 덫을 놓고 누군가 걸려들기를 기다리고 있는 곳이었기에 여배우로서 살아간다는 것은 때론 견딜 수 없이 외롭고 힘들었다.

그녀에게는 믿고 의지할 수 있는 가족 같은 누군가가 필요했다.

'이 사람이라면 믿을 수 있어. 태웅 씨를 만나서 정말 다행이야.'

메신저를 하고 나서 그녀의 눈빛이 촉촉해지는 것을 본 매니저가 의아해하며 물었다.

"누님, 누군데 그래요? 스토커예요? 아니면 깡패 새끼들?"

그의 질문에 그녀는 환하게 미소 지으며 말했다.

"아니. 전 남친."

＊　　　＊　　　＊

최예린과의 5년 전속 계약을 마친 후 윤철은 함박웃음을 지으며 태웅의 어깨를 두드렸다.

"내가 살다 살다 최예린 같은 배우를 영입할 날이 올 줄이야! 이제 우리 실버문도 명실상부한 대형 기획사다!"

"이제 달랑 배우 셋이구만 무슨……."

대수롭지 않아하긴 했지만 태웅은 윤철이 기뻐하는 모습을 보며 흐뭇함을 느꼈다.

앞으로는 할리우드에서의 활동이 많아질 것이기에 회사에 하나쯤 선물을 하고 싶은 마음이 들었다.

그때 최예린이 온갖 악성 루머에 시달리며 쩔쩔매는 것을 보고 실버문을 소개해 준 것이다.

최근 마케팅 팀과 법무 팀을 창설하고 스타 보호에 적극적으로 나설 것을 천명한 실버문 엔터테인먼트는 대표인 윤철의 노력과 열정으로 하루가 다르게 성장하고 있었다.

최근 데뷔시킨 걸 그룹 '초아초아'가 순식간에 음원 차트를 휩쓸면서 케이블 음악 프로그램 1위를 차지하고 각종 행사에 불려 다니면서 인기가 급등하는 중이다.

10대 후반부터 20대 초반까지의 어린 여자애들로 이루어진 걸 그룹이다 보니 온갖 악성 댓글과 스토킹은 일상이었다.

윤철은 '초아초아'의 소녀들에게 괴로운 일이 있으면 절대로 숨기거나 참지 말고 회사에 말하라고 귀에 못이 박히도록 당부했다.

"험한 일 많을 거다. 그렇다고 당하기만 해선 절대 안 돼.

성희롱하는 새끼들, 욕질하고 악성 루머 퍼뜨리는 새끼들, 하나도 남김없이 다 응징할 테니까 절대 참지 마. 알았지?"

그리고 실제로 그는 참지 않았다.

데뷔한 지 얼마 되지도 않았는데 '초아초아'의 악성 댓글러와 스토커들을 고소한 것만 벌써 네 건이었다.

'저 자식 진짜 딸바보같이 구네. 뭐 잘하는 거긴 하다만……'

아무래도 예전 로드매니저 생활을 하던 시절, 교통사고로 자기가 담당하던 걸 그룹을 잃은 트라우마가 아직 남아 있는 것 같았다.

그의 잘못이 아니라 다른 차의 과실이었음에도 여전히 그는 운전 공포증에 시달리고 있었고, 비슷한 나이 또래의 여자애들만 보면 아버지같이 굴려고 하는 버릇이 있었다.

"너 그냥 결혼해라."

"뭐? 갑자기 뭔 소리야?"

"니 딸이 생겨야지 그 버릇 고치지. 이러다가 국민 딸바보 되겠다."

"여자 만날 시간도 없는데 결혼은 무슨 결혼이야? 난 일과 결혼했다. 하하하!"

"그 아재 개그부터 관둬야 여자가 생기긴 하겠네."

배우로는 태웅과 최예린, 그리고 홍구를 확보하고 있었고, 가수로는 마가린과 걸 그룹 '초아초아', 그리고 기타 연습생들

을 보유하고 있는 실버문은 소수 정예이긴 하지만 일 잘하는
회사로 업계에 이름을 각인시키고 있었다.

'그런데 최수빈은 어떻게 된 걸까?'

팬미팅 이후 한 달이 지났다.

BH엔터테인먼트 대표가 자신이 최동렬 검사를 죽였음을
고백한 유서를 남기고 변사체로 발견되었고, 의문스러운 점이
많았음에도 자살한 것으로 수사는 종결되었다.

그 현실에 분노하며 최수빈은 자신이 가진 히든카드를 태
웅에게 밝혔다.

칠상파 보스 공진수가 범행을 저지른 것으로 보이는 증거
를 가지고 있고, 그것을 이용해 검사의 살해를 지시한 VIP를
찾으려 한다는 계획이었다.

'과연 VIP는 누굴까?'

카지노 인허가 건을 두고 칠상파의 공작, 그리고 그들을 둘
러싼 이해관계를 파헤치던 검사는 누군가에게 죽임을 당했
다.

일단 최동렬 검사의 죽음으로 이득을 본 사람을 찾아야 했
다.

'가장 유력한 건 카지노 인허가로 대박을 낸 세훈건설, 그리
고 해당 지역구의 국회의원이지.'

카지노를 둘러싼 인물들의 범법 행위를 파헤치고 이들을
기소했다면 엄청난 돈을 꼬라박고 있던 세훈 건설은 그 돈을

허공에 날리게 될 우려가 있었다.

또한 카지노를 지역구의 랜드마크로 만들겠다고 자신만만하게 공약을 내걸고 당선된 국회의원 박해국 또한 정치 생명에 위기를 맞았을 것이다.

그 밖에도 복잡한 이해관계가 얽혀 있어서 태웅은 머리가 아파왔다.

'무슨 누아르 영화도 아니고… 아, 영화화가 되긴 했지.'

영화에서는 결국 악을 응징했지만, 현실에서는 그렇게 쉬운 일이 아니었다.

"그런데 고 매니저는 어디 간 거야?"

그러고 보니 아무 말도 없이 출근을 하지 않았다.

오늘은 별다른 스케줄이 없어서 점심 즈음에 사무실로 오라고 했는데 벌써 두 시가 훌쩍 지났다.

위이잉.

핸드폰 진동이 울리는 것을 보고 태웅은 피식 웃었다.

'호랑이도 제 말 하면 온다더니……'

전화를 받자 평소보다 더 낮아진 목소리가 들려왔다.

—형님, 죄송합니다.

"어떻게 된 거야, 고 매니저? 너답지 않게 무단결근을 다 하고."

태웅이 장난스럽게 말했지만 그는 아무 말도 없었다.

"왜? 어디 몸이 안 좋나?"

태웅의 말에 그가 마침내 입을 열었다.

─형님, 최 회장님이 돌아가셨습니다.

"…뭐라고?"

갑자기 눈앞이 핑 돌았다.

어렴풋이 그가 머지않아 죽을 거라고 생각하긴 했지만 이렇게 갑자기?

"왜 죽었는데? 너 어디야?"

─장례식장입니다. 지병이 악화되어서 갑작스럽게 쓰러지셨다고 합니다.

"하……!"

정말 허무하다.

그렇다면 그가 그동안 매달린 일은 어떻게 되는 걸까?

─미리 유서를 남기셨습니다. 회사 지분을 포함한 모든 재산을 형님에게 양도한다고 하셨습니다.

"뭐라고? 그건 또 무슨……."

─유성대학병원 장례식장입니다. 일단 와서 얘기하시는 게 좋겠습니다.

"알았어. 지금 바로 갈게."

태웅은 통화를 마치고 자리에서 일어났다.

그를 보고 있던 윤철이 궁금한 듯 물었다.

"무슨 일이야?"

"최수빈이 죽었대."

"뭐, 뭐야?"

윤철은 경악했다.

태웅에게 그와 관련된 얘기를 수시로 듣고 있었기에 대략적인 사정을 알고 있어서인지 더욱 놀랐다.

"살해된 거야, 아니면 자살?"

"아니. 지병으로 죽었대."

"그럴 수가……!"

황망해진 그를 두고 태웅은 황급히 문을 나섰다.

"천천히 와. 난 일단 빨리 가봐야겠어."

"그래. 여기 일 정리 좀 하고 뒤따라갈게."

＊   ＊   ＊

장례식장은 생각보다 훨씬 한산했다.

나름 중국과 한국에서 큰 기업을 운영하고 있는 거물이었음에도 조문객이 그리 많지 않았다.

평소에도 늘 혼자 다니길 좋아했으니 의외로 인간관계가 좁았는지도 모른다.

영정 사진 속의 그는 입꼬리가 살짝 올라간 장난스러운 표정을 짓고 있었다.

왠지 그답다는 생각이 들었다.

"오셨군요."

검은 정장 차림의 고서윤은 상복을 입은 젊은 여자를 도와주고 있었다.

"회장님의 누나입니다. 갑자기 소식을 듣고 입국하셨답니다."

"누나가 있었어?"

금시초문이지만 얼굴은 한눈에 봐도 쌍둥이라고 생각될 만큼 최수빈과 닮았다.

그나저나 누나가 있는데 재산을 자신한테 상속한다고 했단 말인가?

태웅은 어이가 없었다.

만약 그의 누나에게 문제가 없다면 자신에게 올 재산을 모두 누나라는 여자에게 양도해야겠다는 생각이다.

이미 태웅의 재산은 수십억 대 수준으로 넘쳐날 정도로 많았다.

"안녕하세요. 김태웅입니다."

맞절을 마친 후 고개를 푹 숙이는 태웅에게 여자가 입을 열었다.

"최현서라고 해요. 수빈이에게 얘기 많이 들었어요."

"얘기를… 들으셨다고요?"

"네."

태웅은 그녀가 무슨 생각을 하고 있는지 읽어보려 했지만 당최 감이 오지 않았다.

동생을 잃은 비통함인지, 아니면 분노인지 짐작이 안 갈 정도로 포커페이스였다.

"드릴 말씀이 있는데, 잠시 기다려 주실 수 있을까요?"

그녀의 말에 태웅은 고개를 끄덕였다.

아마도 오랫동안 자신을 기다려 온 것 같았다.

"알겠습니다."

*   *   *

조문객의 발길이 거의 끊어진 건 밤 11시가 넘어서였다.

최현서를 도와주던 몇몇 남녀가 그녀에게 고개를 숙이곤 잠을 자러 가는 듯했다.

지인이나 친인척이 아닌, 부하나 하인으로 보였다.

"삼가 고인의 명복을 빕니다."

다시 한번 정중하게 조의를 표하자 그녀는 무표정한 얼굴로 고개를 마주 숙였다.

"고맙습니다. 오래 기다리셨을 테니 바로 본론부터 말씀드릴게요."

많이 초췌하긴 했지만 눈빛만큼은 날카로운 것이 그녀 역시 보통 여자는 아닌 듯했다.

"저를 좀 도와주셨으면 합니다."

"네?"

이건 또 뭐람?

그녀는 태웅의 반응을 보고도 별다른 표정의 변화가 없었다.

"사실 저를 돕는다기보다는 동생을 돕는 거겠네요. 그 애가 남긴 자료… 태웅 씨에게만 열람이 가능하도록 되어 있으니까요."

"자료요?"

"그래요. 마지막으로 공개하려던 자료, 각 언론사에 보내려던 자료가 있어요. 그런데 저를 비롯해 누구도 볼 수가 없네요."

죽고 나서도 부담스러운 인간이다.

마지막 불꽃놀이를 앞두고 발사 버튼을 남한테 미루다니.

"어째서 저만 볼 수 있다는 거죠? 그냥 누님분께서 열어보시면 안 될까요?"

"마음 같아선 그러고 싶어요. 그런데 물리적으로 그게 안 되네요."

"네?"

뒤이은 설명을 들은 태웅은 머리가 아파왔다.

최수빈의 유서는 변호사에게 맡겨져 쉽게 볼 수 있었지만 그가 수집한 자료는 특수한 상자에 봉해져 있다고 했다.

그리고 그 상자를 열기 위해서는 태웅이 직접 손가락을 갖다 대야 한다고 한다.

지문 인식 시스템이란다.

"도대체 내 지문은 언제 채취해 간……."

의아해하던 태웅은 아차 싶어 고서윤을 노려보았다.

그러자 억울하다는 듯 그가 고개를 저었다.

"저라고 생각하시겠지만 전 아닙니다. 아마 형님이 최 회장님 사무실을 방문하셨을 때 채취한 것으로 보입니다."

"젠장, 뭐 이런……."

그는 한바탕 욕을 퍼부으려다가 아무래도 상 중에 예의가 아닌 것 같아 다음으로 미뤘다.

"상자는 어디 있죠? 가져오시면 바로 열어드리겠습니다."

태웅의 말에 최현서는 잠시 멍해 있다가 입을 열었다.

"고마워요. 빈이는 아마 누나인 내가 이 일에 관여하는 걸 원치 않아서 태웅 씨에게 부탁했을 거예요. 가족도 친척도 아니지만 누구보다 신뢰하는 사람에게 맡긴다는 거겠죠."

'신뢰는 무슨…….'

죽은 사람 소원이니 들어주겠지만, 특별한 사람 취급을 받거나 그의 가족들과 연관이 되는 것은 원치 않았다.

"전 배우입니다. 나름 최 회장님의 취지에 공감해 함께해오긴 했지만 더 이상 제 본업과 관련되지 않은 일에 휘말리고 싶지 않습니다. 상자의 자료는 누님분께서 원하시는 대로 처리해 주시면 감사하겠습니다."

그의 말에 최현서가 한숨을 내쉬었다.

"알겠어요. 이 일은 저희 남매가 해결해야 하는 몫인데, 괜히 다른 사람에게 부담을 드려 버렸네요. 상자는 상이 끝나고 함께 열어보기로 해요. 거기까지만 함께해 주시면 더 이상 폐를 끼치지 않겠습니다. 죄송해요."

깍듯한 사과에 태웅은 괜히 미안해졌다.

어쨌든 그 정도면 최수빈에게 도움을 받은 것에 대한 도리는 다하는 것이리라.

*   *   *

윤철은 그날 갑작스러운 집안일로 빈소를 방문하지 못했다.

태웅은 집까지 바래다주겠다는 고서윤을 억지로 만류하여 최현서의 옆에 앉혔다.

"충분히 혼자 갈 수 있으니 저 누님분이나 잘 챙겨."

직접 차를 운전하고 집으로 향하면서 태웅은 복잡한 심경에 사로잡혔다.

'이 일을 그냥 남에게 넘겨 버리는 게 맞는 것일까? 내 손으로 매듭짓지 않아도 되는 걸까?'

하지만 솔직한 그의 마음은 이 정도로 끝내는 게 좋겠다는 생각이다.

어떤 자료인지는 모르겠지만, 그것이 언론에 공개된다면 모든 일은 일단락될 것이다.

'왜 하필 나한테 자료를 남겼는지 모르겠지만 내 할 일은 여기까지다!'

집 방향으로 우회전을 하는데 갑자기 뒤에서 달려오던 차 한 대가 그의 앞을 막아섰다.

갑작스러운 끼어들기에 급브레이크를 밟은 태웅은 짜증이 솟구쳤다.

'저 자식이!'

쾅!

순간 뒤에서 누군가 차로 들이받는 바람에 그의 몸이 들썩거렸다.

'으윽!'

강한 충격 때문인지 태웅은 순간적으로 정신이 아득해졌다.

운전석 쪽으로 검은색 세단이 멈춰 서는 것을 보니 어떻게 되어가는 상황인지 감이 왔다.

'또냐? 칠상파!'

이번에는 정말로 낭패였다.

이 부근은 원래 인적이 드문 곳인 데다 자정을 넘어선 시각이라 지나가는 사람 하나 보이지 않았다.

조수석으로 내리려고 하는데 일단의 사내들이 연장을 들고 우르르 몰려오는 것이 보였다.

'이거 망했네. 어떻게 하지?'

앞과 뒤, 옆 차에서도 험악한 인상의 남자들이 내렸는데, 얼핏 봐도 합쳐서 이십 명이 넘는 것 같았다.

더군다나 뒤에서 받힌 충격으로 몸 상태도 심상치 않았다.

사실 이런 일이 있을 거라고는 예상 못 한 바 아니지만, 그동안 너무 조용하다 보니 방심했다.

"어이! 나와 보시지, 잘난 배우 양반?"

얼핏 보니 예전 우상 촬영 가는 길에 나타난 그자였다.

태웅은 핸드폰으로 고서윤에서 전화를 건 후 고개를 그대로 핸들에 처박았다.

빠아아아아아아아앙!

클랙슨 소리가 도로에 울려 퍼졌다.

시간이 시간인지라 엄청나게 크게 들렸다.

근처 아파트에서 하나둘 불이 켜지는 모습이 칠상과 행동대장의 눈에 들어왔다.

당황한 그는 이를 뿌드득 갈며 소리쳤다.

"얘들아! 부숴 버려!"

그의 지시에 스무 명이 넘는 남자들이 연장을 들고 일제히 태웅의 차를 두들기기 시작했다.

유리창이 깨지고 차 문이 찌그러지며 순식간에 차가 휴지 조각처럼 박살이 나버렸다.

'역시… 이 방법으론 무린가?'

유리 파편이 날아들며 그의 뒷목을 스쳐 상처를 냈다.

이러다가는 볼썽사납게 끌려 나갈 지경이다.

"그만! 나가겠다!"

태웅은 고개를 들고 소리쳤다.

그러곤 몸을 틀어 운전석 문을 있는 힘껏 걷어찼다.

콰앙!

이미 너덜너덜해진 차 문이 반쯤 떨어져 나갔다.

태웅에게 달려드는 남자들을 행동 대장이 손을 들어 제지했다.

"몸 성히 가고 싶으면 순순히 차에 타라."

비웃음 가득한 그의 얼굴을 보고 태웅은 주먹을 불끈 쥐었다.

"좋다."

"그러셔야지. 그리고 주머니에 있는 핸드폰 꺼내서 던져. 수작 부릴 생각 하지 말고."

태웅은 그의 말에 따라 순순히 핸드폰을 바닥에 던졌다.

연장을 든 남자들이 양옆으로 와서 그의 팔을 거칠게 붙들었다.

"이거 안 놔?"

순식간에 두 남자의 몸이 허공에서 한 바퀴 회전하더니 그대로 땅바닥에 처박혔다.

"으으윽……!"

신음을 흘리며 고통스러워하는 동료를 본 사내들이 태웅에게로 덤벼들었다.

"그만!"

싸움을 제지한 행동 대장이 빙긋 웃으며 태웅을 보았다.

"팔다리 부러져서 가고 싶은 건가?"

"내 몸에 손대지 마라. 내 발로 갈 테니까. 한판 붙겠다면 그것도 좋다. 적어도 한 놈은 무조건 저승으로 보내줄 테니까."

태웅은 외모 업그레이드를 통해 얻은 능력 중 하나인 '카리스마 눈빛'을 발동했다.

살벌한 기세에 행동 대장이 움찔했다.

'뭐야, 이 자식? 조금도 쫄지 않잖아?'

다른 때였다면 이렇게 허세 부리는 놈은 먼지 나게 두들겨패서 끌고 갈 테지만, 왠지 쉽게 행동할 수 없었다.

방금 전 부하 둘을 메다꽂은 솜씨는 어떻게 한 건지 제대로 보지도 못했다.

"다들 들었지? 고명하신 배우분이라 천한 우리 손이 닿는 게 싫으신가 보다. 조심스럽게 모셔라!"

결국 태웅은 제 발로 순순히 밴에 올랐다.

'그래, 차라리 잘됐다. 이렇게 된 이상 어떤 놈이 흑막인지 얼굴이나 한번 보자.'

그들이 습격해 온 이유는 자기네들 보스에게 태웅을 데려가려 한 것임이 틀림없었다.

만약 죽이거나 손을 보려 했다면 조금 더 조용한 방법을 택했으리라.

"보스께서 널 보고 싶어 하신다. 무례하게 굴면 재미없을 줄 알아."

행동 대장의 말에 태웅은 씨익 웃었다.

아무래도 예상이 맞는 것 같았다.

"말로만 듣던 그 칠상파 보스인가? 그렇게 높은 분께서 나 같은 일개 배우에게 너무 과한 투자를 하시네."

"오늘 네가 어떻게 행동하느냐에 따라 내일 아침 헤를 볼 수 있을지 없을지 결정될 거다. 꽤 유명해졌다고 건방 떠는 모양인데, 우리는 그런 거 신경 쓰지 않아."

"그런가? 내가 잘못되면 우리나라는 물론이고 해외에서도 난리가 날 텐데?"

"상관없다고 했다."

"그리고 삼합회에서도 난리가 날 거다. 아마 내가 누구에게 당했는지 면밀히 조사하고 복수에 들어가겠지."

물론 반은 뻥이다.

메이린과 친하고 그의 아버지와 안면이 있긴 하지만 대신 복수해 줄 만한 관계는 아닌 것이다.

"하하하! 아주 별 헛소리를 다 하는군. 네까짓 게 삼합회의 일원이라고?"

"중국에서 영화 찍을 때 메이린과 친해졌지. 걔 아버지가 삼합회 간부라는 거 알고 있냐? 어디 한번 나한테 해를 끼쳐 봐라. 네 가족, 연인, 친구 죄다 씨를 말리게 될 거다."

차 안에 탄 사내들이 웃음을 터뜨렸다.

"네 친구가 삼합회면 내 친척은 마피아다."

"난 야쿠자! 하하하하하."

'이것들이 정말 열받게 하네.'

으름장이 좀처럼 먹히지 않자 태웅은 울컥했다.

'두고 보자. 죄다 콩밥 먹게 해주지.'

*　　　*　　　*

"도착했습니다, 회장님."

"들어와."

칠상파와 나인핑거스가 같이 쓰고 있는 건물 꼭대기 층.

행동 대장이 태웅을 대동하고 펜트하우스 안으로 들어섰다.

건장한 체구에 검게 탄 얼굴.

삭막한 인상의 공진수가 태웅을 보며 미소 지었다.

"좀 앉지. 자네가 바로 그 유명한 스타 배우 김태웅이구만."

"당신이 깡패 두목?"

그 말에 펜트하우스 안 조직원들과 행동 대장의 기세가 험악해졌다.

"이런 미친놈이!"

"가만히들 있어."

표정이 굳긴 했지만 평정심을 유지하는 듯 공진수가 나직하게 부하들을 향해 읊조렸다.

그러고는 태웅을 바라보며 방 중앙 소파에 앉았다.

"오늘은 얘기를 좀 할까 해서 부른 거야. 억지로 끌고 와서 기분 나빴다면 사과하지. 그러니까 피차 예의를 지키는 게 어때?"

태웅 역시 테이블을 사이에 두고 그의 맞은편 소파에 앉은 후 입을 열었다.

"예의? 깡패한테도 예의가 있나?"

마침내 공진수의 얼굴에서도 웃음기가 사라졌다.

"김태웅, 오늘 한강 밑바닥으로 가라앉아도 상관없다 이거지?"

도대체 뭘 믿고 이러는 건지 알 수 없는 그의 태도에 행동대장은 마음의 준비를 했다.

'오늘 저 건방진 새끼를 담그겠구나.'

하지만 태웅은 여전히 눈을 부릅뜬 채 공진수를 노려보았다.

"배우가 만만하냐? 너희가 마음대로 다룰 수 있는 장난감으로 보여? 하여튼 이 깡패 놈들은 연예계가 무슨 지들 앞마당인 줄 아나 본데, 오늘 아주 제대로 개념 잡아준다."

"하하하! 말이 안 통하는 놈이구나. 아주 제대로 미친 건가?"

너무 어처구니없어서 공진수는 웃음을 터뜨렸다.

일단 흠씬 두드려 패고 난 다음에야 제대로 된 대화가 가능할 것 같았다.

"최 회장도 저세상으로 갔으니 이제 네 뒤를 봐줄 놈은 없어. 설령 자료 따윌 남겼다고 해도 그걸 보도할 언론이 있을 줄 아나?"

"나한테 뒤 봐줄 사람은 필요 없어. 그리고 일단 넌 좀 나한테 맞아야겠다."

그 말과 동시에 태웅은 번개같이 공진수를 향해 돌진했다.

누구도 예상하지 못한 행동이었다.

*   *   *

설마 태웅이 호랑이 소굴에 끌려와서 호랑이 대장을 향해 덤벼드는 무모한 짓을 할 줄은 아무도 몰랐다.

"막아!"

사무실 안의 조직원은 열 명 정도.

그중 가장 강한 사람은 행동 대장이었다.

하지만 그는 출입구 쪽에 서 있던 터라 마치 스프링 같은 탄력으로 튀어나간 태웅을 막는 데 실패했다.

공진수의 앞을 막아선 두 명의 조직원이 순식간에 턱을 강타당해 쓰러졌다.

나머지 한 명이 칼을 꺼내 들었으나 순식간에 팔이 빠지고 칼을 빼앗겨 버렸다.

"으윽!"

태웅에게 명치를 얻어맞은 공진수가 신음을 터뜨렸다.

어느새 날카로운 칼이 목젖에 닿아 있었다.

"내가 아까 한 놈은 반드시 저승으로 보낸다고 했거든. 니가 그 주인공이 되어볼래?"

싸늘한 태웅의 말에 공진수는 침을 꼴깍 삼켰다.

"정말 무모하기 짝이 없군. 그런 식으로 여기를 빠져나갈 수 있을 것 같나?"

그의 말에 태웅은 빙긋 웃었다.

"빠져나가진 못해도 너 하나쯤 저승길 친구로 삼아줄 순 있지. 지금 내가 이걸 긋기만 해도 당신은 끝이야."

물론 정말 그럴 리 없다는 걸 알고 있지만, 막상 목에 칼이 들어오면 냉정한 판단이 어려운 법.

공진수는 고갯짓으로 부하들에게 뒤로 물러나라고 신호했다.

그러자 방 안에 있던 조직원들이 한 발짝씩 뒤로 물러섰다.

하지만 바깥에서는 웅성거리는 소리가 더욱 커졌다.

아마 다른 조직원들이 밖으로 나가는 길을 완전히 점령했으리라.

태웅은 상황이 심상치 않다는 사실을 느꼈지만 딱히 두려운 마음은 들지 않았다.

'그러고 보니 이 자식이 최예린을 협박했지? 아예 두 번 다시 나쁜 짓 못하도록 해줄까?'

스토커에 가까운 집착과 강압, 폭언으로 최예린을 괴롭혀 공황장애에 빠뜨린 것이 바로 이 공진수라는 사실을 떠올리자 태웅은 화가 치밀어 올랐다.

따악!

"윽!"

갑작스럽게 태웅이 공진수의 뒤통수를 세게 때렸다.

"이 자식 이거 아주 나쁜 놈이네. 너 도대체 왜 그렇게 사냐?"

"무, 무슨 소리냐?"

"몰라서 물어? 암튼 날 협박하거나 죽여서 입을 막으려는 거 같은데 그렇게 쉽진 않을 거다. 나 같은 글로벌 스타는 건드리는 게 아니야."

최수빈의 보호가 없긴 했지만 그는 화제의 주인공인 스타 배우이다.

게다가 그가 뉴스원에 출연해 칠상파와 관련하여 큰 이슈를 터뜨린 것을 모르는 사람도 없다.

납치되거나 신상에 해를 입는다면 시끄러워지지 않을 수

없었다.

그럼에도 이런 일을 감행했다는 것은 칠상파 쪽에서도 다급했던 것 같다.

공진수가 침중한 목소리로 입을 열었다.

"약속하지. 최수빈이 남긴 자료를 넘겨준다면 아무 일도 없을 것은 물론이고 모든 것을 비밀로 묻어둔다는 조건하에 50억을 주겠다."

"오호라, 이 상황에서 딜을 하자는 거야?"

태웅은 잠시 생각하는 척했다.

다른 사람이라면 솔깃하지 않을 수 없는 제안이다.

하지만 그는 피식 웃었다.

"첫째, 일단 그게 무슨 자료인지 난 몰라. 둘째, 설령 있다고 해도 고작 50억? 그리고 가장 중요한 셋째, 너를 어떻게 믿냐?"

그들로서는 태웅을 결코 곱게 두지 않을 것이다.

칠상파가 궤멸될 수 있는 자료를 가지고 있다는 전제하에 그들은 할 수 있는 모든 방법을 취할 것이다.

"그냥 곱게 가게 해주면 납치 및 협박으로 몇 년 만 콩밥 먹고 나오게 해줄게. 물론 다른 죄가 있는 놈들은 그에 따른 처벌을 추가로 받아야겠지만 말이야. 그러니까 이런 제안은 네가 하는 게 아니라 내가 해야 하는 거다. 알겠어?"

그의 말에 행동 대장은 가슴속에 품고 있던 칼을 꺼내 등 뒤로 감췄다.

이렇게 된 이상, 아무래도 자신이 마무리를 해야 할 것 같았다.

모든 것을 뒤집어쓰더라도 그는 이미 각오하고 있었다.

그에게는 부양해야 할 나이든 부모님과 어린 조카가 있었지만, 이 일을 잘 해결한다면 그들은 평생 돈 걱정을 안 해도 될 것이라고 공진수는 약속했다.

태웅을 향해 티 나지 않게 접근하면서 그는 자신의 수하들에게 신호를 보냈다.

부하들이 천천히 움직이면서 태웅의 시선을 끌었다.

'단번에 손바닥을 꿰뚫어주지.'

이름난 칼잡이인 그는 칼 던지는 솜씨 하나는 자신 있었다.

그가 빈틈을 엿보며 칼을 쥔 손에 힘을 주는 순간, 태웅이 거짓말처럼 행동 대장을 바라보았다.

'이런, 들켰나?'

순간 그는 온 힘을 다해 칼을 던지면서 부하들에게 신호했다.

"잡아!"

쏜살같이 날아간 칼이 태웅의 손등을 스쳤다.

"으윽!"

그 바람에 태웅은 공진수의 목을 겨누고 있던 칼을 놓쳤고, 나머지 조직원들이 그에게 득달같이 달려들었다.

'망했다. 어떻게 하지?'

태웅은 빠르게 머리를 굴렸다.

방 안에 있는 열 명가량의 조직원을 포함해 바깥에서 대기하고 있거나 건물 안에 바글바글한 조직원들까지 합치면 수백 명은 된다.

이들을 상대로 몸 성히 빠져나갈 수 있는 길은 없었다.

'버틸 때까지 버텨보자!'

고서윤이 최수빈의 죽음으로 경황이 없다고 해도 그라면 분명 자신의 실종을 알아차릴 것이다.

그렇다면 어떻게든 방법을 찾을 것이다.

하지만 버티기 위해서 인질은 필수.

태웅은 자신을 밀쳐내고 도망가는 공진수에게 도약하여 뒷덜미를 움켜쥐었다.

그리곤 잽싸게 몸을 끌어당긴 후 벽을 등지고 섰다.

일종의 방패막이였다.

그 바람에 한 조직원이 태웅에게 휘두른 쇠 파이프가 그대로 공진수의 옆구리를 강타했다.

"크헉!"

"죄, 죄송합니다, 회장님!"

공진수를 린치한 셈이 된 조직원이 쇠 파이프를 떨어뜨리곤 벌벌 떨며 사과했다.

"마음대로 두들겨 봐라. 너 회장을 샌드백으로 만들고 날

처리하고 싶다면 그리 하든가."

한순간에 인간 방패 신세가 되어버린 공진수가 인상을 찡그렸다.

쇠 파이프로 맞은 옆구리가 부러진 듯 극심한 통증이 왔다.

'이 멍청한 새끼들, 내 몸에 손을 대?'

그는 이를 갈았다.

칠상파의 보스인 자신이 이런 수치를 당하고 있다는 게 믿기지 않았다.

'어떻게든 이 배우 놈을 뼈마디 하나하나까지 다 짓밟아 버리고 말 테다. 두고 보자.'

태웅은 일찌감치 방의 구조를 파악하곤 등질 수 있는 곳으로 이동하면서 위기를 수습했다.

칼이 스친 손에서는 피가 흘러내리고 있었지만, 그는 이를 악물고 통증을 참아냈다.

'아깝다. 조금만 아래를 노렸어도……'

그러한 태웅을 매의 눈으로 호시탐탐 노리고 있던 행동 대장은 재차 칼을 손에 쥐었다.

이번에는 아예 치명상을 입힐 생각이다.

"뭐 하고 있어? 어서 회장님 구해드려! 저 새끼는 칼도 없는데 뭘 망설여?"

그의 말에 정신이 든 듯 조직원들이 일제히 달려들려는 찰나, 태웅이 회장을 무릎 꿇린 후 옆에 있던 의자를 들어 유리

창을 향해 집어 던졌다.

빠직 하는 소리와 함께 금이 갔고, 재차 두들기자 유리창이 요란한 소리를 내며 깨졌다.

"어디 한 발짝만 와봐. 그럼 너희들의 회장님은 줄 없는 번지점프를 하게 될 테니까."

고층 빌딩의 세찬 바람이 조직원들을 강타했다.

그들이 움찔하는 사이 태웅은 회장의 등에 발을 갖다 댄 채 행동 대장을 향해 날카로운 눈빛을 쏘아댔다.

"그리고 거기 너, 칼 안 버리면 이 아저씨 밀어버린다."

"미친놈. 너한테 그럴 용기가 있을 것 같아?"

"그래?"

순간 태웅이 공진수의 등을 발로 슥 밀었다.

그 바람에 주저앉아 있던 공진수가 앞으로 훅 쓰러지며 머리가 아슬아슬하게 창문 앞에 멈췄다.

"다, 당장 버려! 말 안 듣는 놈들은 뭐야!"

회장이 절규하듯 외치며 벌벌 떨기 시작하자 결국 행동 대장은 칼을 버릴 수밖에 없었다.

'한숨 돌렸군.'

태웅은 등에 식은땀이 흐르는 것을 느꼈다.

이 상황이라면 시간을 끌 수 있을 뿐, 빠져나갈 방법에 대해서는 그조차도 감이 오지 않았다.

위이이이잉!

긴박한 대치 상황이 이어지는데, 어디선가 사이렌 소리가 들려왔다.

무전을 받은 조직원 하나가 행동 대장에게 다급한 듯 말했다.

"형님! 큰일 났습니다! 경찰입니다."

"뭐? 그게 무슨 소리야?"

"신고 받고 출동했다고 합니다. 지금 막 아래층부터 들쑤시며 들어오고 있다는데 난리도 아닙니다."

"이런 빌어먹을……."

행동 대장은 어처구니가 없었다.

분명 아까 태웅의 핸드폰은 빼앗았다.

차에서 납치했을 때 목격자가 있었다고 해도 어떻게 이렇게 빠른 시간에 그가 있는 곳으로 경찰이 들이닥칠 수 있단 말인가?

칠상파가 패닉에 빠져 있는 사이, 태웅은 속으로 환호했다.

'야호! 역시 고 매니저 넌 최고야!'

얼마 지나지 않아 꼭대기 층 비상구 문이 열리며 경찰이 우르르 몰려왔다.

그들 가운데에는 고서윤과 윤철, 홍구의 모습까지 보였다.

"형님!"

"태웅아!"

그들을 본 태웅이 손을 흔들며 웃었다.

"어떻게 알고 왔어, 내가 여기 있는 줄?"

그의 말에 고서윤이 뭔가를 꺼내 흔들었다.

"형님 신발에 위치 추적기가 달려 있습니다. 최 회장님이 남긴 선물이죠."

"하, 이 빌어먹을 스토커……."

태웅은 진심으로 그 '빌어먹을 스토커'에게 감사했다.

최수빈.

그는 태웅이 언제든 위기에 처할 것에 대비하여 고서윤에게 최첨단 위치 추적기 장비를 남긴 것이다.

태웅과 통화가 되지 않는 것에 이상함을 느낀 고서윤은 즉시 장비를 통해 그의 위치를 확인했고, 그것이 바로 칠상파의 아지트임을 직감했다.

경찰에 신고한 그는 윤철, 홍구를 대동한 후 위치 추적기의 안내에 따라 이곳에 도달한 것이다.

"실은 경찰보다 조금 전에 왔습니다만, 우글우글한 깍두기들을 피해 오느라 늦었습니다."

"마음 같아서는 그냥 다 한 방에 때려잡으며 오고 싶었는데, 자식들이 너무 시끄러울 것 같아서 말이야."

홍구가 주먹을 불끈 쥐며 허세를 부렸다.

윤철 역시 경찰들이 조직원들을 때려잡고 있는 모습을 지켜보며 흐뭇한 표정을 지었다.

"지금이 어느 땐데 이런 깡패 놈들이 사람을 납치하고 말이야! 이 사람이 누군지 알아? 한국 최고의 흥행 보증수표, 칸이 사랑한 배우 김태웅이야!

낯부끄러운 소리를 늘어놓는 소속사 대표에게 태웅은 혀를 찼다.

경찰들이 공진수에게 다가가 그의 양팔을 잡고 일으켰다.

산발이 된 그는 낯빛을 바꾸며 으름장을 놓았다.

"이 사람들이! 이거 놓지 못해? 내가 어떤 사람인데……!"

다들 자기가 누군지 남들이 알아주지 못해 안달이 난 것 같다.

그때 피식 웃는 태웅의 뒤로 눈에 핏발이 선 한 남자가 접근하고 있었다.

'이 자식이 살아 있으면 칠상파는 끝장이야! 이 자식만은……'

행동 대장은 어지러운 틈을 타 품에 숨긴 칼을 움켜쥐고 좀도둑처럼 걸음을 옮겼다.

"위험해!"

태웅의 등 뒤로 달려드는 그림자를 본 윤철이 놀라 소리쳤다.

푸욱!

달빛에 반사된 빛이 번뜩였다.

태웅의 옆구리에 꽂힌 칼을 타고 흐른 피가 바닥을 적셨다.

"형님!"

경악에 찬 비명과 고성이 울려 퍼졌다.

태웅은 정신이 아득해지는 것을 느끼며 주저앉았다.

'옆구리에 감각이… 없네. 왜 이러지?'

익숙한 얼굴들이 눈앞에 보였다.

저마다 충격과 분노, 불안에 사로잡힌 얼굴로 그를 보고 있었다.

"뭐가 이리 심각해? 누가 칼이라도… 맞았나?"

고서윤이 뭐라고 외치는 것 같았지만 들리지 않았다.

자신에게 덤벼든 남자가 윤철과 홍구에 의해 제압당하고, 경찰들이 몰려들어 그의 팔을 꺾고 수갑을 채우는 모습이 아련하게 보였다.

이윽고 시야가 흐릿해지며 그는 정신을 잃었다.

〈천만 배우 김태웅, 조직폭력배에게 납치되어 칼 맞고 중상!〉

〈여전히 팽배한 암흑가와 연예계의 밀월 관계!〉

〈언제쯤 청정 구역 될까? 김태웅 피습으로 다시 보는 연예인 조폭 수난사!〉

자극적인 제목의 기사들로 인터넷 사이트는 도배가 되었다.

태웅이 칠상파 사무실에 끌려가 협박을 당하고 심지어 칼까지 맞았다는 소식은 전국적인 화젯거리가 되었다.

뉴스원에서 한 태웅의 발언이 다시금 수면 위로 떠오르면서 칠상파를 수사해 달라는 국민 청원이 이어졌다.

청원에 동의한 사람은 순식간에 20만 명을 돌파했고, 청와
대에서는 칠상파뿐 아니라 연예계에 만연한 조폭 세력을 뿌리
뽑겠다는 강력한 의지를 천명했다.

"김태웅 씨 같은 세계적인 배우가 조폭에게 끌려가 칼을 맞
다니, 우리나라 이미지가 어떻게 되겠어요? 엄중히 조사하여
이번 기회에 연예계를 깨끗하게 만들도록 합시다."

대통령은 비서관들을 모아놓고 이번 사태의 심각성에 대해
논의했고, 연예계 조폭 문제뿐 아니라 태웅이 제기한 최동렬
검사 살인 사건의 재수사 역시 속도를 내어 진행할 것을 강조
했다.

*   *   *

동생의 발인을 마치고 병실을 찾아온 최수빈의 누나 최현
서는 침대에 누워 있는 태웅에게 위로의 말을 건넸다.

"죄송해요. 그놈들이 이렇게까지 나올 줄은… 제가 신경 써
야 했는데."

옆구리에 행동 대장의 칼을 맞은 상처는 꽤 심각했다.

무려 8시간이 넘는 대수술 끝에 태웅은 간신히 위기를 넘
길 수 있었다.

"아닙니다. 전 이제 깨달았어요."

"네?"

"이미 남한테 넘길 문제가 아니라는 것을요. 어차피 세상 사람 모두가 제가 관련된 일로 알고 있는데 이제 와서 피한들 책임 회피일 뿐입니다. 최수빈 씨도 죽은 마당이니 그와 같이 이 일을 접한 제가 할 수밖에요."

그의 말에 병실 안이 숙연해졌다.

태선만 못마땅한 표정을 짓고 있었지만, 차마 막 동생을 잃은 누나 앞에서 뭐라고 하진 못하는 듯했다.

"그 박스를 가져다 주시죠. 최수빈 씨가 남겼다는 자료 말입니다. 제가 열어서 처리하겠습니다."

최현서는 머뭇거리다가 입을 열었다.

"실은 태웅 씨에게 드리기 싫었어요. 못 미더운 점도 있고요. 만약 그걸 열었는데 수빈이의 뜻대로 처리하지 않고 그냥 덮어둘 수도 있을 것 같아서요."

그녀는 잠시 뜸을 들인 후 말을 이었다.

"하지만 그건 잘못된 생각이었어요. 어차피 전 그 일에 관여할 자격이 없다는 걸 알았어요. 동생과 태웅 씨가 함께 파헤친 일이니만큼 동생이 태웅 씨에게 자료의 처리를 맡겼다면 태웅 씨 뜻대로 처리하는 게 맞는 것 같아요. 그래서 이제 후련해졌어요."

그녀는 대동한 비서 같은 남자에게 눈짓했다.

남자가 태웅에게 서류 봉투를 건넸다.

"이게 뭡니까?"

"자료가 있는 비밀 금고의 위치와 번호예요. 거기에 나와 있는 곳에 금고가 있어요. 태웅 씨의 지문으로만 개봉할 수 있고요."

태웅은 서류 봉투를 받아 안의 내용을 확인한 후 그대로 라이터를 켜 불에 태워 버렸다.

"다 외웠으니 없앴습니다. 이제 위치를 아는 사람은 저밖에 없군요."

최현서가 침을 꿀꺽 삼켰다.

"부디… 태웅 씨의 뜻대로 사용해 주세요. 그리고 동생의 회사와 재산도 꼭 받아주시고요."

"다른 건 모르겠습니다만 회사와 재산은 좀 그러네요."

"전 필요 없어요. 어떻게 운영해야 할지도 모르고요."

"저도 마찬가집니다만."

"곧바로 대답해 주지 않으셔도 되니 천천히 생각해 주세요. 정 싫다면 어쩔 수 없지만… 그래도 동생의 뜻을 존중해 주고 싶어요."

'참 좋은 누나를 두었구먼.'

태웅은 결국 한 달 안으로 대답을 주기로 했다.

그녀가 물러간 후, 태선이 불평을 늘어놓았다.

"어쩜 저렇게 다 떠넘긴담? 사람이 죽을 뻔했는데, 참 나……."

겉으로는 툴툴대도 오빠의 건강에 대단히 민감한 그녀였다.

감기만 걸려도 신경이 곤두서는데 아예 칼에 맞아버렸으니······.

태웅의 소식을 듣고 나서 그녀가 느낀 충격과 공포는 상상 이상이었다.

"네가 이해해. 저 사람도 동생이 죽었으니 마음이 어떻겠니."

"내 오빠도 죽을 뻔했거든?"

그녀의 말에 태웅은 빙긋 웃으며 고서윤에게 말했다.

"고 매니저."

"네, 형님."

"네가 최수빈 회사를 좀 맡아줘야겠어."

"네?"

고서윤의 눈이 휘둥그레졌다.

"난 경영이고 뭐고 알지도 못하고 하기도 싫어. 그래서 최고의 인재인 당신이 했으면 좋겠는데 말이야."

"그건······."

"아아, 거절 안 했으면 좋겠는데. 당신이 아니면 이걸 누구한테 맡기겠어?"

확실히 이름도 모르는 다른 경영자, 혹은 주주들에게 맡기느니 고서윤에게 맡기는 게 가장 나았다.

"그런데 회사란 게 그렇게 재산 물려주듯 줄 수가 있는 거야?"

홍구가 고개를 갸웃하며 말했다.

"그러게. 그쪽도 경영진과 주주들이 있을 텐데 생판 모르는 사람, 그것도 회사와 전혀 관계가 없는 배우 매니저를 대표로 인정한다고? 가능한가?"

윤철 또한 회사를 운영해 본 입장에서 의문을 표했다.

"저, 그 회사 상무입니다."

"엥?"

고서윤이 지갑에서 명함을 꺼냈다.

'사마리아인베스트먼트 상무 고서윤'이라는 글씨가 금박으로 큼직하게 박혀 있었다.

"오올, 이거 뭐야? 이 인간, 투자회사 간부급이었어?"

홍구가 명함을 들여다보며 호들갑을 떨었다.

"그럼 바로 대표 하면 되겠네. 진작 말을 하지."

태웅은 어이가 없었다.

어쨌든 최수빈의 유산 중 하나를 수월하게 처리할 수 있어서 다행이었다.

"중국 쪽 사업도 제가 정리하겠습니다. 그쪽은 대리 법인을 내세우고 있으니 시간이 좀 걸릴 겁니다."

"오케이. 그리고 재산도 네가 다 가질래?"

고서윤은 그 말에 단호하게 고개를 저었다.

"그건 고인의 뜻을 훼손하는 일입니다. 재산만큼은 제가 가질 수 없습니다."

"끄응……."

주식과 채권, 부동산, 현금, 미술품까지…….

얼핏 듣기에도 최수빈의 재산은 1,000억 원에 육박했다.

태웅이 고심하자 홍구와 윤철이 눈을 크게 뜨고 초롱초롱한 눈빛을 발사했다.

그들을 차갑게 외면하며 태웅이 입을 열었다.

"좋아, 그걸로 자선 재단을 만들자. 고인의 이름을 따서 수빈재단. 그러면 되겠지?"

"좋은 아이디어입니다. 무척 뜻깊은 일이 되겠네요."

독거노인과 고아, 유기 동물을 지원하는 자선 재단을 그의 이름을 따서 만든다면 고인의 이름을 드높일 뿐 아니라 좋은 곳에 사용하는 셈이다.

"그런데 그 자료가 뭐길래 칠상파 놈들이 죽어라 막으려고 한 거야?"

윤철의 말에 태웅은 곰곰이 생각하다가 입을 열었다.

"아마 VIP의 정체가 담긴 게 아닐까 하는 생각이 드는데."

"VIP?"

"그렇지. 보스인 공진수가 최동렬 검사의 살인에 개입되어 있다는 증거뿐 아니라 그 배후 인물까지 있어야 제대로 된 폭로가 아니겠어?"

최수빈이라면 분명 그 배후까지 캐냈을 것이라는 강렬한 예감이 들었다.

그렇다면 하루라도 빨리 그가 남긴 자료의 실체를 파악해야 한다.

"이러고 있을 때가 아니네. 나 퇴원 수속 좀 밟아줘."

"오빠, 미쳤어? 칼 맞고 수술한 지 며칠이나 됐다고……."

"삼 일 됐다. 이 정도면 충분하지."

실랑이 끝에 결국 태웅은 퇴원하는 데 실패했다.

모두가 한목소리로 말렸기 때문이기도 하지만, 차분히 몸을 추스르며 생각할 시간이 필요하기도 했다.

그날 밤.

침상 옆에 잠든 태선을 지켜보며 태웅은 미안한 마음이 들었다.

오빠로서 맨날 사고를 치고, 다치는 모습만 보여줬기 때문이다.

경제적으로 풍족하게 해주긴 했지만 아직도 부족하게만 느껴졌다.

'그래도 1인실이 좋긴 하네. 예전에는 바글바글한 병원이었는데.'

처음 태웅의 몸으로 깨어났을 때가 떠올랐다.

의식불명의 중환자였지만 사람들로 넘쳐나는 병실 한구석에서 죽어가고 있었다.

지금은 쾌적한 1인실에서 맘 편히 지인들을 만날 수 있다.

"고 매니저도 그만 들어가."

"그럴 수 없습니다."

"왜? 여기 병원 보안 괜찮은데."

"언제 칼 든 킬러가 쳐들어올지 모릅니다."

"영화를 너무 많이 봤구면."

하긴 배우의 매니저이니 영화를 많이 보긴 했지만……

대한민국에서 병실에 갑자기 칼 든 킬러가 침입한다는 발상이 웃기다.

"잊으셨나 본데 지금 칼 맞고 입원해 계시는 겁니다. 조폭들한테 당해서 말이죠."

"그거야 치사하게 뒤에서 칼 들고 덮치니까 그렇지. 병실에 누워 있어도 그깟 조폭쯤이야."

칠상파 조직원들은 현장에서 대부분 검거되었다.

그를 칼로 찌른 행동 대장은 꽤나 높은 형량을 받게 될 것이다.

보스 공진수는 수많은 죄목을 피하기 위해 태웅의 납치를 행동 대장이 개인적으로 한 일로 만들려는 것 같았다.

하지만 워낙 국민적인 스타가 된 태웅을 납치하고 협박, 폭행을 가한 정황이 확실하기에 구속을 피할 수 있을지는 미지수였다.

'지가 피해봤자지. 그물 하나 피하면 더 큰 그물이 기다리고 있는걸.'

최동렬 검사 살인 사건에 관련되었다는 증거만 있다면 최소 무기징역이다.

"그럼 잠깐 근처 사우나에서 눈이라도 붙이고 와. 나도 좀 혼자만의 시간을 갖자."

잠 많은 태선 탓에 그는 거의 혼자 태웅을 지켰다.

뜬눈으로 밤을 새우기 일쑤여서 태웅은 그를 억지로 쉬게 했다.

시간은 저녁 9시 반.

태웅은 책을 읽으며 명상에 빠져들었다.

"쓸데없는 짓을 하다 죽을 뻔했구먼. 쯧쯧."

눈앞에 나타난 육중하고 땅딸막한 대머리 사내를 본 태웅의 표정이 구겨졌다.

"그만 가라. 나 지금 당신이랑 얘기할 기분 아니야."

"본업과 관계된 일을 안 하니까 그렇게 위기를 겪는 거다. 내가 말하지 않았나? 넌 월드 스타를 향해 일직선으로 달려가야 한다고."

시스템의 요정 오한수는 여느 때와 달리 진지한 기색이었다.

"작품과 연기에만 충실할 것이지 정의 구현이라니, 쓸데없는 짓을 할 만큼 포인트가 남아도나 보지? 오, 정말 남아돌긴 하는군."

천만 관객을 연속으로 달성하다 보니 라이프 포인트는 370가량 남아 있었다.

일 년도 넘게 살 수 있는 만큼 지금으로서는 당장 포인트를 버는 일이 그리 급하지 않았다.

"내 인생이니 내 마음대로 할 거야. 이래라저래라 하지 마라."

"호오, 네 인생이라… 그건 네 인생이 아니야. 김태웅의 인생이지. 라이더 베스."

"난 김태웅이다. 라이더 베스는 전생일 뿐이고."

오한수는 피식 웃으며 고개를 저었다.

"그럼 계속 그렇게 살 건가? 네 월드 스타 지수는 아직 20퍼센트도 안 돼."

월드 스타 지수는 현재 11.45퍼센트.

작품을 하지 않으면 도중에 떨어지기도 했다.

"그건 내가 알아서 할 문제야."

"여유 있어 좋구먼."

"뭔가 착각하고 있는 것 같아 말해주는데, 난 배우지만 연기만 할 생각은 없다. 난 세상을 바꾸는 배우가 될 거야."

"호오?"

"세계적인 스타가 되어서 억만장자가 되고, 미녀들을 날마다 갈아치우고, 수십 대의 슈퍼 카를 보유하고, 수영장이 딸린 대저택에서 살고… 이런 게 나한테 의미가 있을 것 같아?"

"그럼 뭐가 너에게 의미 있는 거냐? 연기?"

"물론 연기도 있지. 난 배우니까. 하지만 내 궁극적인 목표는 세상을 바꾸는 것이다. 연기와 성공은 그 수단일 뿐이야."

"세상을 바꾼다? 하하하하!"

오한수는 뒤뚱거리며 웃더니 그를 보며 윙크를 했다.

"그것도 나쁘지 않겠네. 배우로서 영향력을 쌓는 행동이니까. 네 엉뚱한 목적은 잘 알았다."

"그래. 그러니까 짜증 나게 나타나서 이래라저래라 하지 마라. 별로 좋은 조언도 못 해줄 거면."

똑똑!

시스템의 요정 오한수가 사라짐과 동시에 노크 소리가 들렸다.

"들어와!"

고서윤이라고 생각했는데, 전혀 다른 사람이 들어왔다.

재킷을 옷걸이에 걸치고 자신을 돌아보는 모습을 보니 절로 입에 쩍 벌어졌다.

"지, 지나 씨?"

"괜찮아요? 많이 아프죠?"

강지나의 얼굴은 평소의 냉철하고 흔들림 없는 표정이 아닌, 여린 소녀처럼 불안해하는 느낌이었다.

*   *   *

크게 늦은 시간은 아니었지만 어쨌든 한밤중에 이렇게 찾아오다니…….

태웅은 강지나의 얼굴을 보고 놀라운 한편으로 반가웠다.

"어떻게 왔어요? 여기 있는지 어떻게 알고?"

"그냥 물어물어 왔어요."

그녀는 태웅을 조심스럽게 살피더니 걱정스러운 듯 말했다.

"몸은 좀 어때요? 크게 다치셨다고 들었어요. 걱정 많이 했는데……."

"보시다시피 멀쩡합니다. 이 정도면 그냥 바늘에 찔린 수준이죠. 하하하!"

실없는 농담을 하자 그녀의 근심 어린 얼굴이 살짝 풀렸다.

"혹시 후유증 같은 건 없어요? 듣기론 큰 수술 하셨다고 들었어요."

"푹 잤더니 다 나았네요. 이렇게 문병도 와주고, 고맙습니다."

"휴……!"

강지나는 절로 한숨이 나왔다.

칼에 찔린 사람치고는 너무나 태연했다.

그녀의 표정을 보고 태웅은 멋쩍게 웃었다.

"참 가지가지 하죠? 조폭한테 끌려가고, 칼 맞고… 지난번에 지나 씨한테 걱정을 끼쳐 드렸다는 생각에 좀 조심히 살려고 했는데 이렇게 됐네요. 미안해요."

"태웅 씨가 왜 미안해요. 칼을 맞고 싶어서 맞은 것도 아닌데."

"잘하면 안 맞을 수도 있었어요. 방심하고 있는데 뒤에서 갑자기 찔러가지고… 아무튼 이젠 다 끝났어요."

"나인핑거스 대표가 조직폭력배라는 소문은 들었지만 태웅 씨랑 관계가 있을 줄은 몰랐어요. 지난번 뉴스원 출연한 다음 부터 노리고 있던 거죠?"

그녀는 삼원 그룹 강부식 회장의 손녀이자 계열사인 기획 사 대표였지만 아직 한국 연예계에 손을 뻗치고 있는 검은손 에 대해서는 자세하게 꿰고 있지 않았다.

그래서인지 이번 사건에 많이 놀란 것 같았다.

"얘기하자면 길어요."

"그래도 얘기해 주지 않을래요? 알고 싶은데……."

그녀의 말이 뜻밖이라 그는 잠시 머뭇거렸다.

왠지 그녀에게는 모든 걸 말하고 싶은 기분이다.

하지만 그럴 수는 없었다.

이 일을 그녀가 알게 되었을 때 또 다른 위험이 닥칠 수도 있으니까.

"미안해요. 내막이 좀 복잡하거든요. 이 사실을 알게 되면 지나 씨한테 피해가 갈 수도 있어서 그래요."

그가 고개를 젓자 그녀는 체념한 듯했다.

"알겠어요. 다만 앞으로 정말 조심하셨으면 좋겠어요. 신변 이 위험하면 보디가드라도 붙여 드릴까요?"

"이미 보디가드 뺨치는 녀석들이 있습니다. 제 매니저가 특전사 출신인 데다 윤철이랑 홍구 둘 다 스턴트맨 출신이라 한주먹 하고요."

"그러고 보니 그러네요. 실버문에 강도라도 들었다가는 그 강도는 몸이 남아나질 않을 것 같아요. 호호호!"

처음에 태웅을 걱정하던 그녀도 지금은 기분이 많이 풀렸다.

환자인 그가 도리어 자신을 안심시키려 애쓰고 있는 게 느껴져서 마음이 따뜻해졌다.

'하지만 이 건은 절대 그냥 넘어갈 수 없지. 누구도 이 사람에게 해를 끼치지 못하게 할 거야.'

그녀는 속으로 다짐했다.

그가 말하지 않는다고 해도 어떻게든 알아내어 위험을 제거해 주고 싶었다.

태웅은 그녀가 차분해진 것을 보곤 안심이 되는 한편으로, 이 여자가 얼마나 놀랐을까를 생각하니 미안해졌다.

큰 눈망울에 수심이 가득한 것이 안쓰러우면서도 사랑스럽게 느껴졌다.

똑똑똑!

한창 즐겁게 대화를 나누고 있는데 누군가 병실 문을 두드렸다.

강지나가 잔뜩 긴장하여 뒤를 돌아보는데, 문이 열리며 최예린이 안으로 들어왔다.

"예, 예린 씨?"

화장 안 한 맨얼굴에 살짝 젖은 긴 머리를 풀어헤친 최예린이 창백한 얼굴로 태웅을 보았다.

"태웅 씨, 어쩌다가… 이렇게 됐어요."

그녀는 금방이라도 눈물을 뚝뚝 흘릴 듯 눈이 그렁그렁해졌다.

태웅의 소식을 듣고 집에 있다가 갑자기 뛰어나온 듯한 모습이다.

하지만 그럼에도 청초하기 그지없는 미모였다.

'뭐야, 이 여자? 사람이 시퍼렇게 두 눈 뜨고 서 있는데……'

자신은 아예 쳐다보지도 않고 태웅에게 온 신경을 집중하고 있는 최예린을 보며 강지나는 어이가 없었다.

그녀가 헛기침을 하자 그제야 눈에 들어왔다는 듯 최예린이 눈썹을 꿈틀거렸다.

"이분은……?"

"아, ROD의 강지나 대표님이세요. 저랑 친분이 조금 있어서 문병을……"

"흐음……"

그녀가 경계하는 눈빛으로 강지나를 흘겨보았다.

강지나 역시 자신을 마뜩잖게 바라보는 최예린이 영 마음에 들지 않았다.

"반가워요. 상대 여배우이신 최예린 씨죠? 영화는 잘 봤어요."

그녀의 말에 최예린 역시 특유의 차분한 목소리로 말했다.

"감사해요. 타 기획사 대표님께서 이 시간에 여긴 무슨 일로 오셨죠? 태웅 씨를 무척 영입하고 싶으신가 봐요?"

"태웅 씨야 누구나 다 영입하고 싶어 하는 스타 배우니까요. 그런데 예린 씨 역시 이 시간에 무척 내추럴하게 오셨네요."

최예린이 생얼에 집에서 있는 차림으로 온 것을 보고 은근히 지적하는 것 같았다.

흰 티에 편하게 입는 치마, 그리고 슬리퍼 차림이었음에도 매력적인 그녀의 모습에 강지나는 더욱 신경이 곤두섰다.

두 여자 사이에 이는 조용한 스파크를 느낀 태웅이 머쓱해졌다.

"그렇게 서 있지들 마시고 앉으시죠. 여기 특실이라서 앉을 데 많거든요."

"전 괜찮아요. 다친 덴 좀 어때요? 병원에서는 뭐래요?"

최예린이 그에게 가까이 다가와 붕대가 감긴 허리를 살폈다.

"미안해요. 혹시 저 때문에 그러신 건 아니죠?"

공진수가 자신 때문에 태웅에게 해코지를 했다고 생각하는 건가?

오해는 바로잡아야 할 것 같다는 생각에 그는 고개를 저었다.

"이 일은 예린 씨와는 상관없는 일이에요. 물론 도중에 그 일 생각이 나서 그 자식 뒤통수를 한 대 갈겨주긴 했지만. 하하하!"

"태웅 씨……."

그녀의 눈이 촉촉해졌다.

왠지 오해를 풀려 했는데 더 쌓인 느낌이다.

자신이 모르는 뭔가가 오가는 것을 본 강지나가 심기가 불편한 듯 헛기침을 했다.

"태웅 씨, 절대안정을 취해야 하는 거 아니에요? 아직 몸이 많이 힘들 텐데……."

그녀 역시 그에게 가까이 다가와 이마에 손을 댔다.

"아직 열이 있는 것 같아요. 얼굴도 초췌하고."

그녀의 스킨십에 최예린의 눈이 날카로워졌다.

"손이 많이 거칠어졌어요. 원래 이런 느낌이 아니었는데……."

이번에는 최예린이 태웅의 손을 덥석 잡더니 다정하게 매만졌다.

그 모습을 본 강지나는 애써 침착함을 유지하려 했지만 속이 부글부글 끓었다.

"환자를 그렇게 막 만지면 어떻게 해요?"

"어머, 누가 먼저 만졌는데요? 별꼴이시네."

"뭐라고요?"

갑자기 높아진 언성에 옆에서 인기척이 났다.

곤히 자고 있던 태선이 눈을 비비며 일어나더니 태웅을 사이에 두고 대치하고 있는 두 여자를 보곤 어리둥절해했다.

"이건 무슨 상황이래?"

잠이 덜 깬 듯한 그녀를 보고 두 여자는 머쓱해져 입을 다물었다.

다행이다 싶어 태웅이 동생을 보챘다.

"오, 동생, 그만 좀 자고 빨리 이 두 분한테 차라도 대접해. 바쁘신 데도 문병 오신 분들이니까."

"강 대표님하고… 어, 최예린이다! 우와, 진짜 예쁘다!"

연예인들을 꽤 봤음에도 그녀는 최예린을 보곤 눈이 환해지는 듯한 느낌을 받았다.

다른 여자 연예인들하고는 격이 다른 아름다움이라고나 할까?

하지만 더 놀라운 것은 강지나 대표가 그런 최예린에게 조금도 꿀리지 않는 미모라는 것이다.

지적이면서도 섹시하기도 하고 어떻게 보면 소녀 같은 느낌도 있었다.

우열을 가릴 수도 없을 만큼 각자 다른 매력을 보유하고 있는 두 여자가 바보 같은 오빠의 병실에서 뭘 하고 있는 걸까?

"쓸데없는 소리 말고 빨리 차라도 내와!"

"환자 주제에 명령은… 두 분, 잠시만 기다리세요."

결국 세 여자는 속사정은 어떻든 나란히 태웅의 침대 주위에 앉게 되었다.

어색하기 그지없는 상황.

침묵과 날 선 눈빛만이 오가자 결국 태웅이 입을 열었다.

"전 괜찮으니까 편하게들 있으세요. 근데 좀 늦은 시간인데 오래 있으시면 돌아가시기가 그래서……."

"차 가지고 왔는데요, 뭐. 태웅 씨야말로 저는 신경 쓰지 말고 편하게 계세요."

강지나의 말을 들은 최예린이 입을 열었다.

"전 너무 경황없이 와서 돌아가기 좀 그런데. 어두워져서 무섭기도 하고요. 아침까지 여기 있어도 돼요?"

"그, 그럼 안 되죠!"

황당해한 것은 강지나였다.

"왜요?"

최예린의 말에 강지나는 눈을 질끈 감았다.

"당연히 안 되죠. 절대안정을 취해야 하는 환자에게 폐가 되잖아요."

"늦은 시간에 돌아가면 위험하다고요, 전."

"그럼 내가 태워줄 테니까 내 차 타고 가요."

"제가 왜 그쪽 차를 타고 가죠? 뭘 믿고?"

실랑이를 보다 못한 태웅은 결국 두 여자를 일찍 집으로 보내 버렸다.

폭풍우가 휩쓸고 지나간 후, 태선이 혀를 차며 말했다.

"김태웅 씨, 처신 똑바로 하셔야겠어요. 노리는 여자가 한둘이 아닌걸."

"내가 뭘?"

"쯧쯧, 연예인은 자기 관리가 얼마나 중요한데."

그녀는 한심하다는 듯 태웅을 흘겼다.

*　　　*　　　*

입원해 있는 사이 '삼총사: 더 웨스턴'의 캐스팅이 확정되었다는 연락이 왔다.

주인공 달타냥 역의 태웅을 중심으로 아토스, 포르토스, 아라미스, 리슐리외, 버킹엄, 콘스탄틴 등 메인 배역을 맡은 배우가 모두 계약을 완료함에 따라 크랭크인 날짜도 초읽기에 들어갔다.

"태웅, 어쩌다가 그렇게 된 거야? 지금 여기 언론에서도 엄청 떠들고 있다고."

"별일 아니에요. 그냥 스친 정도인데 언론이 호들갑을 떠는 거지."

제작자인 칼리드 유스테판의 전화를 받은 태웅은 그를 안심시켰다.

벤 하프만 감독의 초 기대 신작 주연배우가 한국에서 부상을 입었다는 사실이 미국은 물론 세계적으로도 이슈가 되고 있었다.

제작사로서는 그리 긍정적인 소식은 아니었다.

마치 그가 조직폭력배와 연관이 있는 듯한 이미지가 되었기 때문이다.

"이미지가 그쪽으로 가면 좋지 않아. 무슨 말 하는지 알지?"

"물론이죠. 그런데 실상은 완전히 반대라고요. 갱과 관련이 있는 게 아니라 소탕한 거니까 그런 식으로 언론 플레이 좀 해줘요."

"소탕? 자네가 갱을 때려잡았단 말이야?"

"그렇게 됐어요. 자세한 얘기는 회사에서 메일로 정리해서 보내줄 테니까 그대로 내줘요. 오히려 이미지메이킹에 도움이 될 테니까 날 믿어봐요."

이미 실버문 언론 홍보 팀에서는 윤철의 지휘에 따라 완벽한 보도 자료를 만들고 있었다.

조폭에 연루되어 칼을 맞은 것이 아니라, 혼자 거대 조직 본거지에 쳐들어가 조폭들을 일망타진한 것으로 시나리오를 짰다.

'사실 틀린 말은 아니잖아? 양념만 조금 쳤을 뿐이지.'

실버문 엔터테인먼트는 국내외 언론에 공식 보도 자료를 통해 태웅이 의문의 살인 사건에 대한 진상을 밝히기 위해 혼자 수사를 했고, 그로 인해 진범으로 의심되는 조직에 납치되었지만 도리어 놀라운 활약으로 그들을 일망타진했다는 사실을 밝혔다.

경찰에서도 같은 소식을 발표하면서 태웅에 대한 열기는 더욱 들끓었다.

〈김태웅, 이젠 배우에서 액션 히어로로?〉
〈대한민국 영화계의 다크나이트, 명예로운 부상은 훈장감〉
〈이 시대의 아이콘 김태웅! 영웅인가, 허상인가?〉
〈경찰, 의문의 검사 살인 사건 재수사에 돌입하다!〉

수많은 기사가 양산되면서 태웅의 주가는 하늘 높은 줄 모르고 치솟았다.

태웅의 눈앞에는 고서윤이 최수빈의 사무실에서 찾아온 금고가 놓여 있었다.

사각형의 철제 박스는 딱히 다를 것도 없는 평범한 외양이었지만, 그 안에 있는 내용물은 엄청난 것일지도 모른다.

'여기에 사건의 배후인 VIP의 정체가 있을까?'

그는 최수빈의 솜씨를 믿고 있었다.

죽는 순간까지 모든 혼을 쏟았다면 이곳에 바로 그 결과가 있을 것이다.

해답의 존재를 믿으며 그는 금고의 지문 인식 장치에 검지를 갖다 댔다.

삐익.

짤막한 기계음과 함께 금고의 잠금 장치가 풀렸다.

＊　　　＊　　　＊

태웅은 잠시 머리를 식히기 위해 혼자만의 시간을 갖고 있었다.

'이걸 어떻게 해야 하지?'

최수빈이 남긴 금고는 그의 손가락에 의해 열렸다.

과연 기대한 대로 그곳에는 최수빈이 필생의 노력을 기울여 조사한 수많은 자료가 담겨 있었다.

가장 핵심인 VIP의 정체 역시 존재했다.

그리고 그 결과는 태웅을 당혹과 혼란으로 빠져들게 했다.

'이게 사실일까?'

태웅은 다시 한번 멍하니 보안 USB가 꽂힌 노트북 모니터를 바라보았다.

아직도 믿을 수가 없었다.

삼원 그룹 회장 강부식.

그가 최동렬 검사 살해를 지시한 흑막이라니?

　　　　*　　　　*　　　　*

　"열어보셨습니까?"

　고서윤의 말에 태웅은 묵묵히 고개를 끄덕였다.

　지금 상황에서 그가 이 사건의 전말에 대해 털어놓고 상의할 수 있는 상대는 이 충직한 매니저밖에 없었다.

　"충격을 받으신 것 같은데, 이유를 물어도 될까요?"

　이미 태웅의 표정을 보고 그는 자료의 내용이 심상치 않음을 눈치챘다.

　"휴……."

　한숨밖에 나오지 않았다.

　어디서부터 이야기해야 할까?

　"일단 이 이야기는 당분간 너와 나 둘만 아는 것으로 하자."

　"물론입니다."

　애당초 고서윤이 이런 얘기를 다른 누군가와 할 리도 없지만 강조하는 차원에서 한 말이다.

　"일단 최수빈은 헛다리를 짚은 것 같다고 했어."

　"헛다리요?"

　"그러니까… 설명하기 귀찮네. 일단 이걸 읽어봐."

　태웅은 그에게 모니터에 띄운 텍스트 파일 하나를 보여주었다.

태웅 씨, 저는 완전히 헛다리를 짚고 말았습니다. 저는 이 사건이 카지노 건설과 연관되어 있음을 확신했고, 그쪽으로 수사를 진행했습니다. 하지만 진실은 다른 곳에 있었어요. 전혀 엉뚱한 사람이 배후로 등장했고, 동기 또한 완전히 달랐습니다. 제가 쓴 영화 '우상'은 실화를 바탕으로 한 것이 아닌, 그야말로 내 머릿속 공상의 산물이 되고 말았죠. 전 그 괴리를 받아들이기 힘들었습니다. 이 사실을 알게 된 후 병은 더욱 급격하게 악화되었고, 이제는 무슨 말을 해야 할지도 모르겠습니다. 가급적 모든 일은 스스로 마무리할 생각이지만, 제겐 더 이상 시간이 남아 있지 않은 것 같습니다. 어려운 숙제를 남기게 되어 미안합니다. 염치없지만 태웅 씨라면 현명한 결말을 내어주지 않을까 기대합니다.

파일을 본 고서윤은 고개를 갸우뚱했다.

"카지노와 상관이 없다는 말입니까?"

"그래, 최동렬 검사는 그 사건 외에도 다른 사건을 수사하고 있었다더군. 그리고 바로 그 사건이 그를 죽음으로 몰아넣은 거라고 했어."

최수빈은 물론 태웅도 최동렬 검사가 카지노의 인허가 취소가 달린 문제를 수사하던 중 사망한 것으로 알고 있었다.

그렇기에 당연히 그 건에 대해서만 초점을 맞추고 파헤치는 중이었다.

하지만 최동렬은 다른 사건 또한 수사하고 있었다.

그것은 바로 삼원 건설 사장 강삼수의 뺑소니 사건이었다.

"그는 술에 취하면 망나니가 되는 버릇이 있었는데, 어느 날 술 취해 직접 운전대를 잡았다가 사람을 치고 말았다. 피해자는 현장에서 즉사했고 그는 뺑소니를 쳤는데, CCTV는 물론 단서가 전혀 없어서 사건은 미궁에 빠졌다."

태웅은 최수빈의 파일 중 하나를 읽었다.

얘기를 듣는 고서윤의 표정 또한 심각해졌다.

"전혀 알려지지 않은 사건이군요."

"그렇지. 완전히 묻히고 가해자가 잘 먹고 잘 사는 걸로 봐선 말이야. 물론 이 파일의 내용이 사실이라는 전제하에서겠지만."

미궁에 빠진 뺑소니 사건은 최동렬 검사가 사건 당시 근처에 있던 낡은 트럭의 블랙박스에 담긴 영상을 확보하면서 급진전했다.

이 사실을 알게 된 강부식 회장은 고뇌에 빠졌다.

그는 국회의원 출마를 준비 중이었고, 아들의 범죄가 알려지면 그 꿈은 물거품이 될 것이 뻔했다.

그래서 그는 검사를 불러 제안했다.

검사의 앞날이 탄탄대로가 되도록 전폭적인 지원을 약속했으나, 최동렬은 일언지하에 거절했다.

"그래서 강부식 회장은 결국 예전부터 잔심부름꾼으로 쓰던 칠상파 보스 공진수에게 검사를 손보라고 지시한다. 단순히 겁만 주려는 생각이었으나, 최동렬은 완고한 태도를 보이며 도리어 공진수를 포함한 모두를 감방에 처넣겠다고 으름장을 놓는다. 결국 공진수와 부하들은 그를 우발적으로 살해하고 증거를 인멸한 후 이를 강부식에게 알린다. 강부식은 경악했지만 이 사건을 철저하게 묻어둘 것을 지시한다."

태웅은 미간을 좁혔다.

"무슨 영화 시나리오 같군. 이게 진짜일까?"

"사실이라면 최 회장님께서 남긴 증거가 있을 것 같군요."

"맞아. 증거를 남겼지. 그런데 그게 또 아리송해."

삼원 건설 강삼수 회장이 사람을 치어 죽인 블랙박스 영상, 그리고 당시 조수석에 동행한 운전기사의 증언, 강부식 회장이 최동렬 검사를 만나는 사진과 그 후 공진수와의 세 차례 통화 기록까지 증거로 남겨져 있었다.

"하지만 그가 살인을 지시하거나 사건을 은폐하려 했다는 증거는 없군요."

"그래서 애매하다는 거야. 최 회장도 자신의 추측을 백 퍼센트 확신할 수는 없다고 했어."

결국 최수빈은 마지막에 공을 태웅에게로 넘겨 버린 셈이다.

'나보고 선택을 하라는 건가? 이 자료를 경찰에 넘길 것인지, 아니면 그냥 묻어둘지, 혹은 더 조사를 할지……'

지금으로서는 어느 것도 정답이 아닌 것 같았다.

그리고 모두 정답인 것 같기도 했다.

'결국 또 삼원과 엮이는군.'

좋든 나쁘든 그곳은 그와 인연이 깊은 집단이다.

그는 불과 얼마 전 병실을 방문한 강지나의 얼굴이 떠올랐다.

그녀는 자신의 할아버지와 무척이나 친밀해 보였다.

강부식 역시 손녀인 그녀를 유독 아꼈고, 그룹 차원에서 아낌없는 지원을 해주고 있었다.

'만약 이 자료가 사실이라면 그냥 묻어둘 수는 없는 일이다. 하지만 사실 확인은 필요해.'

태웅은 아프고 혼란스러운 와중에도 섣불리 판단하지 않았다.

최수빈의 조사가 잘못되었을 수도 있는 것이다.

일단 현재까지의 증거로는 칠상파 보스 공진수가 최동렬을 살해했다는 사실만큼은 확실했다.

그리고 그 배후인 VIP의 정체가 한국에서 가장 유명한 기업인 강부식 회장임이 드러날 것이다.

정황상 유력하긴 하지만 살인을 지시했는지는 불명확했다.

'내가 지금 무슨 생각을 하고 있는 거야?'

태웅은 고개를 저었다.

정황과 증거로 보아 강부식 회장이 아들의 뺑소니를 은폐하려고 한 사실만큼은 확실했다.

아들을 위해서이기도 하지만 자신의 정계 진출을 위해서이기도 하다.

이미 그것만으로 사람을 죽인 것과 다를 바 없는 것이다.

뺑소니 당한 사람은 사망했고, 어떠한 보상도 받지 못했다.

그리고 일을 저지른 강삼수는 멀쩡히 삼원 건설 사장 노릇을 하고 있다.

강부식 역시 한국 제일 기업의 회장으로 부귀영화를 누리며 정계 진출을 꾀하고 있다.

'이놈들은 단체로 범죄자 확정이다.'

최수빈은 자신의 말대로 범행 동기는 완전 헛다리를 짚은 셈이지만, 진범과 배후만큼은 밝히는 데 성공했다.

'당신 원한은 내가 풀어주지.'

태웅은 마음속으로 굳게 다짐했다.

어렵게 다시 가까워진 강지나와의 관계가 어그러질지라도 악은 반드시 응징해야 했다.

"휴우……."

굳게 결심했지만 한숨이 나오는 것만큼은 어쩔 수 없었다.

"어떻게 하실 겁니까?"

고서윤의 말에 태웅은 천천히 입을 열었다.

"팩트 확인 후 경찰에 넘긴다. 언론에도 알려야지. 묵과할 수는 없는 일이야."

"그렇게 마음먹으셨다면 알겠습니다. 당장은 거동하시기 힘
드니 팩트 확인은 제가 하고 있겠습니다."

"알겠어. 잘 부탁해."

원래 듬직한 매니저이긴 하지만 이번에는 정말로 믿음직스
럽다.

태웅은 그가 부디 좋은 소식을 가져다주길 빌었다.

물론 어떤 게 좋은 소식인지는 그로서도 아직 판단할 수
없었지만.

*   *   *

"어머, 이게 뭐야?"

강지나는 잠시 이면 도로에 세워둔 자신의 차 운전석 쪽 사
이드미러가 박살 난 것을 보고 눈살을 찌푸렸다.

누군가 고의적으로 한 짓 같아서 더욱 기분이 나빴다.

그녀는 주위에 목격자가 있는지 둘러보았지만, 너무 사람이
많아 도리어 찾기가 어려울 것 같았다.

"아이 참, 어떻게 해."

울적한 기분에 잠시 회사 점심시간을 이용해 태웅의 문병
이나 갈까 해서 나온 길인데 이런 일까지 터지자 그녀는 속이
상해 바퀴를 발로 걷어찼다.

"아야야!"

신고 있는 신발이 플랫슈즈라는 걸 떠올린 그녀는 자신의 한심함을 후회했다.

발끝이 저릿저릿하며 전기가 왔다.

"어라? 지나 씨, 무슨 일이에요?"

그녀가 고개를 드니 양선민이 미소 띤 얼굴로 자신을 바라보고 있었다.

"그게… 백미러가 박살이 나서요."

"어이구, 이거 어떤 질 나쁜 놈이 장난 쳤나 보네. 저희 동네에서도 누가 아파트 단지 주차장에 있는 차 백미러를 다 부숴놔서 난리가 났었다니까요. 어떤 때는 나사못을 뿌려놓는 바람에 여러 대가 펑크가 나기도 했고요."

"정말 왜 이런 짓을 하는지 모르겠어요."

"그러니까 말이에요. 이거 서비스 불러야 되겠는데요."

"그렇잖아도 부르려던 참이에요. 근데 갈 데가 있었는데……."

"그래요? 이거 꽤 걸릴 텐데. 차도 못 쓸 테고."

"택시라도 타야겠어요."

"에고, 그럼 일단 제가 태워다 드릴까요? 저도 잠깐 볼일 보러 나왔다가 들어가는 길이라 모셔다 드리면 될 것 같은데요."

"괜찮아요."

"에이, 그러지 말고 타세요. 아는 사람끼리 돕고 살아야죠."

양선민의 넉살에 강지나는 고민했다.

평소 워낙 남자들에게는 철벽을 치는 그녀였지만 이번에는 딱히 그럴 만한 상황이 아니었다.

"일단 긴급 출동부터 부르고요."

그녀는 전화기를 꺼내 서비스를 부른 후 다시 뜸을 들였다.

"문병 가는 길이에요. 강남이라서 꽤 막힐 텐데 괜찮으시겠어요?"

"그럼요. 시간은 남아돕니다. 누구 문병 가시는 길이죠?"

"그냥… 지인이에요."

차마 태웅을 만나러 간다고는 말하지 못하고 그녀는 대충 얼버무렸다.

긴급 출동 서비스에 차를 인계한 후 그는 사람 좋은 표정으로 그녀에게 말했다.

"이제 가실까요? 제 차가 조금 넓어서 혼자 타기 적막했는데 오늘은 제법 훈훈하겠네요."

그녀가 따라가려는 찰나, 길 건너편에서 클랙슨 소리가 울렸다.

"누나! 뭐 해?"

"어? 창구 네가 여긴 웬일이야?"

길 건너편에 멈춰 선 자동차에서 강창구가 내렸다.

"그냥 지나가던 길인데? 그런데 아까 누나 차랑 비슷한 게 실려 가던데?"

"그거 내 거 맞아. 백미러 박살 나서."

그녀가 자초지종을 얘기하자 강창구가 피식 웃으며 외쳤다.

"내가 데려다줄게! 그냥 이거 타!"

"정말? 알았어!"

그녀는 눈앞에 있는 양선민에게 멋쩍은 듯 고개를 숙였다.

"죄송해요. 신경 써주셨는데 그냥 동생 차 타고 가야겠어요. 그럼 나중에 또 봬요."

"지, 지나 씨……."

강지나는 그를 쌩 지나쳐 길 건너 강창구의 차에 탔다.

멀거니 그 모습을 바라보던 양선민의 입에서 절로 욕이 튀어나왔다.

"이런 제기랄……."

한편, 차에 누나를 태운 강창구는 휘파람을 불며 즐거워했다.

'저 새끼, 아무래도 수상하단 말이야. 왜 자꾸 누나가 무슨 일이 생길 때마다 나타나는 거지?'

혼자 골똘히 생각에 잠겨 있는데 강지나가 그의 뒤통수를 쳤다.

따악!

"아! 왜 그래?"

"요즘 너무 예뻐서."

"예쁜데 왜 때리냐?"

"내 나름의 동생 사랑 방식이야."

"제, 제길······."

"그나저나 너 내비도 안 찍어? 내가 불러주는 주소로 찍어."

그녀가 말한 주소를 찍은 강창구는 뭔가 이상한 느낌이 들어 물었다.

"그런데 누구 문병 가는 거야?"

그의 말에 그녀는 당연한 걸 묻느냐며 입을 열었다.

"태웅 씨 문병 가는데? 칼에 찔렸잖아."

"뭐라고? 그 자식 문병을 간다고?"

이번에는 강창구가 급브레이크를 밟았다.

그 바람에 한바탕 몸이 붕 뜬 그녀가 황당한 듯 물었다.

"야! 차를 왜 그렇게 갑자기 멈춰?"

"나 안 가. 내려. 아니면 내가 내린다."

그의 말에 강지나는 피식 웃으며 또다시 손바닥으로 뒤통수를 때렸다.

"아! 왜 때리냐니까!"

"잔말 말고 빨리 운전해."

그녀의 말에 강창구는 한숨을 쉬곤 조용히 액셀을 밟았다.

'이거 늑대를 피하려다 호랑이 굴로 들어가는 게 아닐까?'

S# 3
배우는 배우다

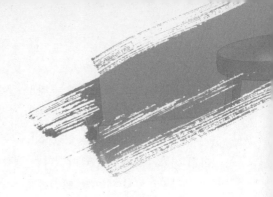

　강지나가 태웅을 찾아갔을 때, 그는 퇴원 수속을 밟고 있는
중이었다.

　절대안정을 취해야 한다는 의사의 말에도 그는 아랑곳하지
않았다.

　"태웅 씨!"

　자신을 부르는 그녀의 목소리에 태웅은 움찔했다.

　"안 쉬고 벌써 퇴원하시는 거예요?"

　"그렇게 됐습니다. 할 일이 조금 많아서요."

　"아무리 그래도 칼에 찔렸는데… 푹 쉬셔야 하지 않아요?"

　"다 나았습니다."

강지나는 그의 반응이 오늘 따라 쌀쌀맞다고 느꼈다.

서운한 기분이 들었지만 내색하지 않고 다가갔다.

태웅은 그녀를 피하고 싶었지만, 그녀의 눈빛을 본 순간 차라리 이야기를 빨리 끝내야겠다는 생각이 들었다.

"지나 씨, 잠시 얘기 좀 하실까요."

"네?"

심상치 않은 표정에 그녀는 긴장이 됐다.

무슨 얘길 하려는 걸까?

*   *   *

병원 산책로의 벤치에서 태웅은 그녀와 나란히 앉았다.

수십 번 고민해 보았지만 역시 단도직입적으로 말하는 게 가장 좋을 것 같았다.

"지난번에 저한테 물어보셨죠? 무슨 일 때문에 이렇게 됐느냐고."

"네."

"지금부터 전부 말씀드려야겠네요. 무척 놀라실 수도 있겠지만 말입니다."

그녀는 그의 심각한 태도에 긴장했다.

"말씀해 주세요. 궁금해요."

길게 한숨을 쉰 후 태웅은 '우상' 촬영 때부터 그가 겪은 일을 이야기하기 시작했다.

이야기를 듣는 내내 강지나는 심각한 표정이었다.

하지만 어느 정도 드러난 얘기였기에 크게 놀라지는 않았다.

VIP의 정체에 대한 얘기를 듣기 전까지는.

그녀는 당황한 나머지 입술을 파르르 떨었다.

얼굴에서 핏기가 썰물처럼 빠져나가갔다.

"마, 말도 안 돼요. 그럴 리가⋯⋯."

태웅은 담담한 목소리로 말했다.

"일단 최수빈 회장이 남긴 자료에는 강부식 회장이 강삼수 삼원 건설 사장의 죄를 덮으려고 한 증거들이 있었습니다. 그건 부인할 수 없는 사실입니다."

그녀는 차마 말을 잇지 못했다.

"그리고 그의 수하나 다름없는 공진수가 최동렬 검사를 살해한 것도 사실이고요. 결과적으로 사건의 진실은 드러나지 않았고, 강부식 회장과 강삼수 씨는 이득을 얻었죠. 저는 이미 결정을 내렸습니다. 이 사실을 안 이상 숨길 수는 없으니까요."

"하지만⋯⋯."

그녀는 머뭇거리다가 입을 열었다.

"착오가 있을 수도 있잖아요. 할아버지가, 할아버지가 그렇게까지 나쁜 사람은 아니에요. 믿어줘요."

그 역시 착잡한 심정이었다.

물론 손녀에게는 누구보다 따뜻함을 보이는 할아버지일 것이다.

하지만 그는 엄연한 범죄자다.

"명확한 증거가 있습니다. 사실 확인을 거쳐서 경찰에 제출할 겁니다."

벤치에서 일어서는 그를 보며 강지나도 따라 일어섰다.

"저에게 왜 말하셨어요? 강부식 회장은 제 할아버지잖아요. 만일 제가 다른 마음을 먹는다면……."

그녀의 말에 태웅은 쓸쓸해했다.

"그럴 리 없다는 걸 아니까요. 제가 아는 지나 씨는 그런 사람이 아니니까."

충혈된 눈으로 그를 보던 그녀의 시선이 아래로 떨어졌다.

"미안합니다. 이렇게 되고 싶은 건 아니었습니다. 지나 씨가 저를 평생 원망한다고 해도 이해할게요."

이제 돌이킬 수 없는 관계가 되는 걸까?

그녀는 아무 생각도 할 수 없었다.

태웅이 사라진 후에도 그녀는 한동안 자리를 떠날 줄을 몰랐다.

*　　　　*　　　　*

"이 일을 터뜨려도 될까?"

늦은 밤.

실버문 사무실에서 윤철과 홍구, 태선이 모였다.

태웅은 이들에게 진실을 모두 밝혔고, 모두 경악을 금치 못했다.

"믿을 수 없는 일이다. 어떻게 그럴 수가?"

한동안 여러 이야기가 오갔다.

"일단 총대는 나 혼자 메겠지만 나와 관계된 모든 사람이 불이익을 당할 수도 있어. 그래서 너희들에게도 말하는 거야."

태웅의 말에 윤철이 씨익 웃었다.

"고작 불이익 때문에 안 할 수가 있나. 나쁜 놈들 처벌하는 거면 무조건 환영이다."

"말해 뭐 하겠어! 스턴트 정신으로 고 하는 거야!"

홍구 역시 주먹을 움켜쥐고 소리쳤다.

태선이 못 말리겠다는 듯 세 남자를 보며 입을 열었다.

"마음대로 해, 바보들아. 다만 앞으로는 누구도 절대 안 다칠 거라고 약속해."

태웅은 동생이 우려하는 바를 잘 알고 있기에 빙긋 웃으며 고개를 끄덕였다.

"그럼. 우리 누구도 절대 안 다칠 거야. 다들 맹세해라."

세 남자가 태선의 앞에서 호언장담을 했다.

"동생아, 걱정 말거라. 오라버니들은 머리는 바보래도 몸은 무쇠와 같단다."

"그래, 너희 오빠를 봐라. 칼 맞고도 멀쩡히 일어나 돌아다니잖니?"

"그리고 말이야 바른 말이지, 월드 스타 김태웅을 누가 함부로 건드리겠어? 칠상파 놈들이야 워낙 멍청하니 그랬지만 앞으로는 어림도 없을걸."

저마다 한마디씩 거들자 태선은 피식 웃고 말았다.

"무슨 월드 스타가 이래? 칼이나 맞고."

일주일 후, 태웅은 최수빈이 남긴 증거 자료를 경찰에 전달했다.

황병준 기자는 해당 사건과 관련된 기사를 터뜨렸고, 세상은 다시 한번 발칵 뒤집혔다.

강부식 회장이 검찰에 소환되었고, 기다리고 있던 수많은 기자들의 플래시가 터졌다.

〈삼원 그룹 강부식 회장, 최동렬 검사 살인 사건의 배후로 지목!〉

〈강삼수 삼원 건설 사장의 뺑소니 사건, 사회 지도층 인사들의 추악한 민낯이 드러나다〉

수사가 시작되면서 강삼수는 한사코 자신의 죄를 부인했지만, 증거가 하나씩 밝혀지면서 궁지에 몰렸다.

태웅에 대한 납치 및 협박, 폭력 행위에 대해 조사받고 있던 칠상파 보스 공진수 역시 죄목에 살인죄가 더해지면서 구속 수감되었다.

다만 강부식 회장은 최동렬 검사를 만난 것은 인정했으나 아들 강삼수의 결백을 주장했을 뿐이며, 공진수에게 살인을 지시한 적이 없다며 혐의를 전면 부인했다.

*   *   *

"공진수가 조금이라도 형량을 덜기 위해서는 배후를 불 수밖에 없을 겁니다."

황병준 기자는 수사 진행 상황을 태웅에게 간단하게 브리핑했다.

"그럴까요? 전 쉽지 않을 것 같은데."

한국 경제를 이끌어가는 삼원 그룹 회장에 대한 수사이다.

이미 강부식 회장은 최고의 변호인단을 구성했다는 소식이 들려왔다.

재판에 들어간다고 해도 쉽게 결판이 날 리 없었다.

"검찰이나 정부가 사건을 해결하겠다는 강력한 의지를 가지고 있습니다. 공진수 역시 혼자 다 덤터기 쓰는 건 미친 짓이에요. 그는 아직 오십 대인 데다 딸의 결혼식을 앞두고 있는 아버지니까요. 충분히 가능할 겁니다."

"일단 믿진 않겠습니다. 여차하면 한국을 뜰 각오도 해야겠네요."

아무리 큰 죄를 짓더라도 힘 있는 자에 대한 처벌은 흐지부지되는 것을 많이 봐왔다.

그렇기에 태웅은 전부 다 감방으로 갈 때까지 조금도 방심하지 않을 생각이다.

"아직 정의는 살아 있다는 것을 믿습니다. 1심에서만 이긴다면 항소심, 최종심도 문제없이 승리할 수 있습니다. 한국은 아직 그렇게 가망이 없는 나라가 아니에요."

"부디 그러길 빕니다."

황병준 기자의 낙관적인 예측을 믿고 싶은 태웅이다.

          *   *   *

"결국 이렇게 됐구만."

삼원 그룹 본사 회장실.

강부식 회장은 창밖을 바라보며 씁쓸함을 감추지 못하고 혼잣말을 내뱉었다.

검찰 수사가 이어지면서 활기로 넘치던 몸이 점점 상하고 있었다.

처음 김태웅을 봤을 때부터 느낀 불안감이 현실이 되고 말았으니 그로서는 자신의 직감을 저주하고픈 기분이었다.

'정치에 발을 들이려 한 것이 잘못인가?'

그도 자신이 이 지경까지 가리라고는 생각지 못했다.

지난 정권에서 여러 번 대통령에게 불려가 상납 요구를 당했다.

군사정권 시절 이후 다시 생각하기도 싫은 수모를 겪은 이후 그는 세상에서 가장 큰 힘은 권력이라는 사실을 절감했다.

아무리 세계에 이름을 날리는 기업의 회장이라고 해도 결국은 장사치 취급을 받는 것이 한국이었다.

그렇기에 그는 늦은 나이에 더 높은 곳을 바라보고 꿈을 키웠다.

하시만 욕심이 눈을 가렸고, 자식 놈의 죄를 은폐하는 지경에까지 왔다.

'아직 끝나지 않았어. 정치판에 나갈 길은 막혔어도 회사만큼은 죽일 수 없지.'

선대의 피와 땀으로 일으켜 세운 기업이다.

절대로 그의 대에서 무너뜨릴 수 없었다.

삐삐삐.

인터폰이 울리며 비서의 목소리가 들렸다.

"강지나 대표님이 찾아왔는데요, 어떻게 할까요?"

그는 잠시 머뭇거리다 대답했다.

"들어오라고 해."

잠시 후 회장실 문이 열리며 들어온 그의 손녀는 얼굴에서 마음고생이 느껴질 정도로 초췌한 모습이었다.

"얼굴이 많이 상했구나."

"할아버지도요."

두 사람은 잠시 서로를 말없이 바라보았다.

"얘기 다 들었어요. 정말 할아버지가 그러신 거예요?"

강 회장은 차마 자신을 먹먹한 눈으로 보는 손녀를 마주 보지 못하고 시선을 돌렸다.

"많은 곡해가 있다. 이 할아비는 그런 짓을 할 사람이 아니 야. 나는 큰 사업체를 운영하면서 살아왔지만 가급적 남부끄 러운 짓은 하지 않으려 최대한 노력하며 살아왔다."

나름 큰소리를 쳤지만 그의 목소리에는 자신이 없었다.

강지나는 할아버지가 진실을 말하지 못하는 것을 눈치챘 다.

안 하는 것이 아니라 못 하는 것이다.

바로 자신의 앞이니까.

"저는 할아버지를 좋아해요. 그러니까 그 말이 정말이었으 면 좋겠어요. 아빠가 돌연 미국으로 떠나고 할아버지의 기대 를 저버렸을 때도 저희 가족에게 잘해주셨죠. 그리고 집안의 천덕꾸러기 같은 저하고 창구한테도 많이 신경 써주시고 아껴 주셨잖아요. 그러니까… 그러니까 정말로 할아버지가 제가 알 고 있는 그런 사람이었으면 좋겠어요. 진심으로."

그녀는 자신과 눈을 마주치지 않는 그에게 고개를 숙였다.

"그리고 저, 기획사 대표에서 물러날게요. 이제는 처음부터 끝까지 제 힘으로 해보고 싶어요."

"…꼭 그래야겠니?"

마침내 잠자코 있던 그가 입을 열었다.

"네. 할아버지가 주신 것이니까 돌려드릴게요. 저도 아빠처럼 결국 집안과는 섞일 수 없는 운명인가 봐요."

"……."

"미국으로 다시 돌아갈 생각이에요. 그리고 할리우드에서 제 회사를 차릴 거예요. 멀리서 지켜봐 주세요."

그녀는 자신의 결심을 전하고 자리를 물러 나왔다.

울컥했지만 눈물을 흘리지는 않았다.

한국에 돌아오기 전처럼 빈손이 되었지만 아쉽지 않았다.

오히려 앞날에 대한 기대로 설레었다.

삼원 그룹 고층 빌딩을 나오는 순간까지도 그녀의 머릿속에는 오직 한 사람뿐이었다.

다시 가슴을 뛰게 해준 배우이자 이제는 집안의 원수가 되어버린 남자, 태웅이다.

*　　　*　　　*

사건을 담당한 유성광 검사는 최동렬 검사의 사법연수원 동기로 그의 죽음을 안타까워하고 있는 동료 중 하나였다.

최동렬 검사의 죽음에 대한 의혹이 다시 불거지자 그는 자청해서 사건을 맡았다.

지난번 수사가 너무 쉽게 끝나 버린 것과 위에서의 압력이 있었다는 사실이 그의 가슴속에 응어리처럼 남아 있었기 때문이다.

"그러니까 최수빈 회장이 자체적으로 이 사건을 수사하고 증거를 수집했다 이거군요."

검사실에서 그와 마주한 태웅은 고개를 끄덕였다.

"그렇습니다. 전 그 사람이 남긴 자료를 경찰에 제출했을 뿐입니다."

"이름이 널리 알려진 공인으로서 어려운 결정을 하셨네요. 그 용기에 경의를 표합니다."

딱히 대단한 일을 했다는 느낌은 없었다.

다만 가뜩이나 시끄럽던 주변이 더욱 시끄러워졌다는 것 정도?

수사와 관련된 몇 가지 질문을 한 후 유성광이 그를 향해 물었다.

"그 최수빈이라는 사람, 최동렬의 이복형이 맞습니까?"

"그렇다고 들었습니다."

"참 좋은 형을 뒀네요. 최동렬… 그의 죽음이 헛되지 않도록 노력하겠습니다. 대한민국 검사의 자존심을 걸고 말이죠."

그의 표정에서 오기와 각오가 엿보였다.

이번에는 윗선의 압력이 있더라도 수사를 끝까지 자신의 뜻대로 관철하겠다는 의지의 표현이다.

"그럼 태웅 씨는 이제 어떻게 하실 겁니까?"

"할리우드로 갈 겁니다. 물론 아직 완전히 가는 것은 아니고 영화 촬영을 할 게 있거든요."

"좋은 선택이네요. 한동안 국내 활동은 안 하는 편이 나을 겁니다. 어지간히 시끄러울 테니까요."

고개를 숙이며 돌아가는 태웅을 물끄러미 보던 유성광이 뭔가 떠오른 듯 입을 열었다

"우리 딸도 태웅 씨 팬입니다. 앞으로도 좋은 활동 기대하겠습니다."

태웅은 빙긋 웃으며 대답했다.

"물론입니다. 전 배우니까요."

*　　　　*　　　　*

강부식 회장에 대한 수사가 아직 마무리되진 않았지만 태웅은 곧장 할리우드로 날아가야 했다.

구입하기로 한 비버리 힐스의 집을 계약해야 했고, '삼총사: 더 웨스턴'의 제작진, 출연 배우들과의 사전 미팅도 예정되어 있었기 때문이다.

최수빈의 재산을 정리하고 자선 재단을 설립하는 일은 고

서윤이 맡아서 하고 있었는데, 이제는 미국 현지 활동을 해야 했기에 누군가에게 실무를 넘겨줄 필요가 있었다.

그래서 그것도 아예 변호사 크라이튼에게 일임할 생각이다.

가로수길의 부티크 숍을 친구에게 맡긴 태선 역시 태웅을 따라서 미국행 비행기에 오를 예정이다.

그녀는 비버리 힐스에 새로 구입한 저택에 함께 살며 한동안 살림꾼 노릇을 도맡아하기로 했다.

"강지나 대표와는 연락하냐?"

공항으로 향하는 차 안에서 윤철이 태웅에게 물었다.

"아니."

"자식, 냉정하기는. 하긴 네가 하기도 그렇겠다."

"알면서 왜 물어?"

태웅의 미국행은 이미 떠들썩하게 보도되고 있었기에 그녀가 모를 리 없다.

'한동안 잊자. 어차피 지금 당장은 할 얘기도 없어.'

지금 그녀와는 시간이 필요했다.

어찌 됐든 그는 그녀의 할아버지를 곤경에 빠뜨린 가문의 원수니까.

지난번 삼원 건설 재개발 현장에서 벌어진 시비와는 차원이 다른 문제였다.

팬들과 기자들이 구름같이 모여든 공항은 그야말로 인산인

해였다.

이미 대한민국에서 태웅을 모르는 사람은 없었다.

영화 출연작 세 편으로 총 관객 3,300만 명을 기록한 흥행 보증수표.

가는 곳마다 사건을 터뜨리며 언론의 관심을 받은 이슈 메이커.

한국 영화 사상 첫 칸 영화제 남우주연상.

그리고 이제는 할리우드 영화에 주연으로 캐스팅되기까지.

자타 공인 '될놈될'인 그는 이제 세계 영화계의 총본산이자 자신의 홈그라운드인 할리우드로 영화 촬영을 위해 떠난다.

그리고 그 역사적인 순간을 취재하기 위해 나온 수많은 기자들은 여전히 태웅을 기다리며 긴장의 끈을 놓지 않고 있었다.

이제 달리기 편한 운동화는 기자들에게 필수 아이템이었다.

언제 또 태웅이 갑자기 필을 받아 달리기 시작할지 모르니까 말이다.

"온다! 저 차 아냐?"

"다들 준비해! 또 뭔 짓을 할지 모르니까!"

기자들은 비장한 기색으로 임전 태세를 갖췄다.

검은색 밴의 문이 열리며 고서윤과 경호원들이 태웅의 앞길을 열었다.

이윽고 내린 태웅은 예상과는 달리 뛰지도 않고 차분하게 인파를 헤치며 걸어가기 시작했다.

"와아! 김태웅이다!"

"실물 진짜 잘생겼다! 턱선 좀 봐!"

"눈빛 장난 아닌데? 피부도 예술이야!"

기분 전환을 위해 투블럭 댄디컷에 애쉬 톤으로 염색한 태웅은 한층 더 어리고 상큼해 보였다.

185센티미터의 훤칠한 키 때문에 흰 티에 얇은 검은색 카디건을 걸치고 청바지를 입은 간단한 차림이었음에도 걸을 때마다 빛이 났다.

외모만 봐서는 가는 곳마다 사고를 치고 조폭에게 칼까지 맞았다고 보기에는 어려운 청춘스타의 느낌이었다.

"김태웅 씨! 삼원 그룹 회장 고발 건에 대해 한 말씀 해주시죠!"

"아직 수사가 마무리되지 않은 걸로 아는데, 영화 촬영 가능한가요?"

"칠상파 조직원들로부터 협박을 받고 있다는 소문이 있는데, 사실입니까?"

쏟아지는 질문에도 은은한 미소를 지으며 태웅은 앞만 보고 걸었다.

"죄송합니다. 제가 묵언 수행 중이라서요."

"묵언 수행 중인데 말은 어떻게 하는 겁니까?"

태웅은 시비조로 말하는 기자를 향해 조용히 합장하곤 다시 걸음을 옮겼다.

얼마 전에 어지러운 마음을 다스리려고 절에 갔다 왔는데, 그때 스토커처럼 따라붙어서 사진을 찍어대고 기사화시킨 그 기자였다.

그래서 놀리는 셈치고 한마디 한 것인데, 이것마저 실시간으로 SNS에 올라오며 이슈가 되었다.

유명 포털 사이트 실시간 검색어에서도 '김태웅 묵언 수행', '김태웅 공항 패션', '김태웅 출국' 등 관련 키워드가 상위권을 점령했다.

이미 빅 데이터를 통해 분석한 대한민국 영화배우 브랜드 평판에서도 3개월 연속 1위를 달리고 있는 그다.

하지만 그 자신은 그런 데엔 관심이 없었다.

평소와는 다르게 차분하게 출국 수속을 마치고 쏟아지는 팬들의 환호에 간간이 손을 들어 답례했다.

아침 햇살 같은 싱그러운 미소에 여성 팬들이 정신을 못 차릴 지경이었다.

"어휴, 시끄러. 도대체 왜 저리 난리래?"

막 공항 입국 게이트를 빠져나온 중년 여성이 구름처럼 군중을 몰고 다니는 태웅을 보며 고개를 갸웃했다.

"이봐요, 아가씨. 도대체 쟤가 누군데 저렇게 난리예요?"

공항 데스크 안내원이 그녀의 질문에 눈을 동그랗게 떴다.

"김태웅이잖아요. 모르세요?"

"김태웅? 내가 외국에서 오랜만에 와서 잘 모르겠는데, 가수가?"

"영화배우 김태웅이요. 요즘 한국에서 김태웅 모르면 간첩 소리 들어요."

"그래요? 내가 지금까지 연예인 많이 봤는데, 저렇게 시끄럽게 몰려드는 건 처음 봐서……."

그녀는 그를 뒤따르는 기자들이 하나같이 운동화를 신고 있는 것을 보곤 또다시 의문을 느꼈다.

그리고 그 이유는 이내 알 수 있었다.

"에잇, 귀찮아 죽겠네! 더 이상 못 참겠다!"

마침내 인내심이 한계에 다다른 태웅이 다시 달리기 시작했다.

"거 봐! 내 이럴 줄 알았어! 어쩐지 얌전하더라니……!"

"지금 그러고 있을 때야! 빨리 쫓아!"

기자들 사이에서 다시 당혹스러운 고함이 오갔다.

또다시 지옥 같은 공항의 '김태웅 스퍼트'가 시작된 것이다.

"어머, 어머! 아주 생쇼들을 한다. 공항이 무슨 올림픽 경기장이야?"

중년 여성의 불평은 공항에 가득 찬 고성에 묻혀 버리고 말았다.

　　　　*　　　　*　　　　*

　같은 시각, 강지나 대표는 ROD 직원들을 대강당에 모아놓고 자신의 사퇴를 발표했다.

　갑작스러운 일에 직원들이 술렁거렸다.

　"이렇게 갑자기 소식을 전해드려 죄송하게 됐습니다. 여러 가지 사정이 있지만 그걸 지금 다 말하기에는 적합하지 않는 것 같네요. 그동안 열심히 일해주신 우리 ROD 식구 여러분께 감사의 말씀드립니다."

　발표를 마친 그녀가 자리를 뜨자 직원들이 설왕설래했다.

　"집안일 때문인가? 할아버지가 수사를 받고 있으니까 아무래도 정신이 없겠지?"

　"그래도 그렇지, 우리 대표님같이 능력 있는 분이 왜 그런 일로 물러나야 하는 거야?"

　"이제야 좀 회사가 안정적으로 궤도에 오르나 했더니… 이를 어째?"

　"대표님, 너무 불쌍해. 진짜 좋으신 분인데……."

　뛰어난 업무 능력으로 어중간하던 ROD의 위상을 크게 띄웠을 뿐 아니라 소탈한 태도로 언제나 직원들과 스스럼없이 어울리던 그녀였다.

　그렇기에 직원들의 아쉬움은 더욱 컸다.

'그래도 많은 도움이 됐어. 다음엔 더 잘할 수 있을 거야.'

조용히 짐을 정리하며 그녀는 마음을 추스르려 애썼다.

시간이 약이라고 하지만, 시간이 지나도 상처는 더욱 커지기만 했다.

여전히 검찰과 치열한 기 싸움을 벌이고 있는 강부식 회장이었지만, 그의 아들인 강삼수의 범죄 사실은 거의 확정된 상태였다.

공진수마저도 최동렬 검사를 살해한 것이 자신이라는 사실을 자백했다.

만약 그가 살해를 지시한 것이 강부식 회장이라는 말을 한다면 구속은 피할 수 없을 것이다.

그렇다면 삼원은 그룹 차원에서 크나큰 조정이 불가피했다.

어쩌면 오너 일가의 중대한 범죄 행위 때문에 그룹이 해체될지도 모른다.

하지만 그것보다 더욱 가슴을 후벼 파는 것은 그녀가 사랑하는 사람들을 영영 잃게 될지도 모른다는 점이었다.

"대표님!"

문을 박차고 들어온 두 여배우, 나진영과 유지니를 본 그녀는 힘겹게 미소를 지었다.

"웬일이에요? 두 분께서 갑자기?"

"사퇴하신다면서요? 갑자기 그러시면 어떻게 해요!"

"그래요. 저희는 대표님 보고 ROD에 온 거란 말이에요."

강지나는 멋쩍은 표정으로 입을 열었다.

"미안해요. 아시다시피 사정이… 그렇게 됐네요."

"저희 다 들었어요. 미국 가신다면서요?"

"그걸 어떻게……."

"강창구 씨한테 들었어요."

하여튼 이 촉새가 그새를 못 참고…….

그녀는 어처구니가 없었지만 미소를 잃지 않은 채 대답했다.

"맞아요. 머리도 좀 식히고 운동도 좀 한 후에 다시 시작하려고요."

"진짜요? 미국에서?"

"네, 어차피 전 미국 생활도 익숙하고 할리우드 기획사 출신이니까……."

그녀의 말에 두 여배우의 눈이 휘둥그레졌다.

"저희도 데려가 주세요!"

"…네?"

"ROD랑 계약 해지하고 대표님 따라갈래요."

"저도요! 저 할리우드 여배우 되는 게 꿈이었어요!"

'아니, 이 사람들이 무슨 철없는 배우 지망생도 아니고… 왜 이런담?'

할리우드에서 동양계 배우로 시작하기란 쉬운 일이 아니었다.

그나마 '우상'과 '결심, 하다'로 칸 영화제에서 인지도를 쌓은 유지니라면 몰라도 나진영은 더더욱 그랬다.

국내에서는 여러 드라마에 조연으로 출연하며 악녀 이미지를 굳히고 있었지만, 할리우드에 가면 완전 무명 배우인 것이다.

"저기, 난 별 볼 일 없는 사람인데 그렇게 쉽게 미래를 포기하지 마요. 잠시 휘청거리긴 할 테지만 그래도 ROD가 우리나라에서는 안정적이고 좋은 회산데 왜 그래요?"

"됐어요. 저희는 대표님 따라가고 싶다니까요."

막무가내로 떼를 쓰는 두 여자 때문에 강지나는 난감했다.

"그, 그럼 일단 내가 먼저 가서 자리를 잡고 연락드릴게요. 그때도 마음이 안 바뀐다면 그때 얘기해 봐요."

"진짜죠? 꼭 약속해 주세요. 다시 연락한다고."

"약속할게요."

그다음으로 그녀에게 들이닥친 이들은 남자 아이돌 그룹 올리브차일드였다.

"대표님, 미국 가신다면서요!"

"저희도 데려가 주세요!"

짧은 시간이었지만 얼마나 많은 인망을 쌓았는지 그녀를 따라가려는 연예인들의 행렬은 계속해서 이어졌다.

삭막하고 이해관계가 앞서는 연예계에서는 보기 힘든 광경이 아닐 수 없었다.

마지막으로 그녀를 찾아온 것은 세훈 건설 부사장 양선민이었다.

"지나 씨, 말씀 들었습니다. 미국에 가신다니요."

"그렇게 됐네요. 개인적인 사정이 있어서요."

그녀로서는 이제 같은 재벌가의 사람과는 이야기를 나누기가 껄끄러웠다.

하지만 그는 다시 집요하게 물었다.

"미국 가서 엔터테인먼트 사업을 하신다는 얘길 들었습니다. 여자 몸으로 타국에서 혼자 힘드실 것 같은데, 제가 나름 도움이 되지 않을까 하네요. 현지 인맥이라든지 절차라든지 다양한 면에서 말입니다. 시간이 되신다면 조금이나마 이와 관련해서 얘기를 나눴으면 좋겠는데, 어떠신지요?"

부드러운 목소리였지만 지금의 강지나에게는 귀찮을 뿐이었다.

게다가 사람들의 지속적인 방문과 떼쓰기에 지친 그녀로서는 신경이 곤두설 수밖에 없었다.

'하여튼 강창구 이 자식, 들어오기만 해봐라. 가만 안 둬.'

그녀가 미국 가서 사업한다는 얘기를 모르는 사람이 없으니 화딱지가 날 노릇이다.

"죄송하지만 제가 지금 몹시 피곤해서요. 다음에 얘기하도록 해요."

"그러시군요. 그럼 미리 약속을 잡는 건 어떨까요? 그냥 흐지부지될 수도 있으니……."

"나중에 하시죠. 그만 가세요."

마침내 짜증이 폭발한 강지나의 냉랭한 말에 양선민은 아차 싶었다.

"죄송합니다. 불쾌하게 해드렸네요. 그럼 다음에 뵙도록 하겠습니다."

다급한 마음에 그녀의 심기를 건드렸다는 사실을 깨달은 양선민은 그녀의 사무실을 나오며 입술을 깨물었다.

"빌어먹을, 왜 이런 실수를!"

지금까지 차분하고 매너 있는 모습으로 점수를 쌓았다고 생각했는데, 그만 한 방에 대량 실점을 하고 말았다.

엘리베이터를 타고 1층으로 내려온 그는 스스로 화를 주체하지 못하고 바닥에 떨어져 있던 캔을 있는 힘껏 걷어찼다.

까앙!

퍽!

"으악!"

그의 발에서 날아간 캔이 그만 건너편에서 걸어오던 강창구의 이마에 정통으로 맞고 말았다.

관자놀이를 타고 흐르는 피에 강창구는 이성을 잃고 고개를 들었다.

그의 눈에 들어온 것은 당황함을 감추지 못하고 있는 양선민이었다.

"너 이 새끼, 잘 걸렸다. 또 누나한테 찝쩍대러 왔지? 보아하니 까인 모양인데 곱게 처갈 것이지 나한테 캔 쪼가리를 날려?"

마침내 폭발한 강창구가 양선민을 향해 일직선으로 달려갔다.

"자, 잠깐만! 청년!"

깜짝 놀란 양선민이 뒷걸음질을 치며 그를 진정시키려 했지만, 이미 폭주 기관차가 된 강창구에게는 소용이 없었다.

"뒈져라!"

강창구의 몸이 허공으로 붕 떴다.

분노를 실은 그의 날아 차기가 양선민의 턱에 정확히 꽂혔다.

"커헉!"

외마디 신음과 함께 양선민이 바닥에 대자로 뻗어버렸다.

빌딩 로비를 지나던 사람들이 그 모습을 보고 수군거렸지만, 강창구는 아랑곳없이 쓰러진 그를 향해 일갈했다.

"다시는 누나를 넘보지 마, 이 씨발 놈아!"

*   *   *

미국에 도착한 후 태웅 일행은 곧장 비버리 힐스로 향했다.

공항에 배웅 나온 크라이튼은 단지 변호사가 아니라 태웅의 미국 생활에 전반적인 도움을 줄 훌륭한 비서였다.

이 또한 최수빈이 생전에 안배해 둔 것으로 그의 꼼꼼함과 세심함을 엿볼 수 있었다.

"최 회장님의 비보는 들었습니다. 정말로 안타깝고 슬픈 일이 아닐 수 없습니다."

크라이튼은 침통한 기색이었지만, 일 처리만큼은 조금도 그러한 기분에 영향을 받지 않는 듯 완벽했다.

그가 알아봐 준 세 곳의 집은 모두 태웅의 마음에 쏙 들었다.

전생에서처럼 대궐 같은 집은 아니었지만, 일반인 수준에 비추어보면 입을 쩍 벌릴 만한 저택이었다.

"테일러 스위프트가 2015년에 2,500만 달러에 구입한 저택이 바로 200미터 거리에 있습니다. 여긴 좀 북적거리는데 조용한 곳을 원하시면 다음 저택이 더 마음에 드실 겁니다."

결국 그가 추천한 세 번째 집을 계약하기로 했다.

"그런데 집값이… 치, 칠백만 달러?"

집을 마음에 쏙 들어 하던 태선은 가격을 듣고는 벌린 입을 다물지 못했다.

한국 돈으로 치면 약 80억 원이나 되는 거액이었다.

이 정도면 그동안 번 돈의 반을 넘게 써야 할 정도이다.

"아델의 비버리 힐스 집이랑 비슷한 구조라고 보시면 됩니다. 심지어 가격도 비슷하죠."

세계적인 여가수 아델.

그녀의 히든 밸리 저택을 고스란히 벤치마킹해 지었다는 이 집은 가격조차 똑같았는데, 이런 데 무신경한 태웅은 딱히 상관이 없었다.

"계약할게요. 어차피 삼총사 개봉하면 러닝개런티도 들어올 테니까."

할리우드의 흥행작은 한국 영화와는 차원이 다른 스코어를 기록할 것이다.

이미 어마어마한 수입이 예정돼 있는 마당에 집값 좀 비싸다고 대수인가.

지은 지 5년 정도밖에 안 된 신축 건물로, 울창한 나무로 둘러싸인 고풍스러운 집이었다.

2층으로 구성돼 있으며 방이 여섯 개, 욕실은 네 개, 주방과 거실은 각각 두 개씩이었다.

그리 크진 않았지만 수영장과 스파, 정원은 기본으로 딸려 있고 벽난로를 갖춘 응접실도 있었다.

"우와! 벽난로다! 완전 쩔어!"

엄청난 집값에 혼이 나가긴 했지만, 태선은 이내 집을 둘러보며 신난 듯 폴짝폴짝 뛰었다.

"개 꼭 키울 거야! 벽난로 앞에서 같이 꾸벅꾸벅 졸아야지. 히히!"

어린아이처럼 까부는 게 역시 아직 소녀 같은 부분이 있었다.

'그러고 보니 차고를 채울 차가 없군. 차를 몇 대 사야겠다.'

한국에서 타던 차는 한국 집에 그대로 있기 때문에 태웅은 즉시 차를 사러 갔다.

로데오 드라이브의 페라리 매장에 들어서니 옛 향수가 그 대로 느껴졌다.

엄청 높은 천장에 딱 두 대 전시되어 있는 모습이 눈에 들어왔다.

"무슨 일이시죠?"

다소 평범한 차림이라 그런지 정장 차림의 백인이 2층에서 내려와 무미건조한 말투로 물었다.

"차 좀 사려고요."

"오, 어떤 모델을 원하시나요?"

전시되어 있는 녀석은 페라리 'F355'와 페라리 '812' 모델이 었다.

'두 대 다 살까? 둘 다 맘에 드는데.'

하지만 가급적 메이커당 한 대를 선호하는 그는 갓 나온 '812' 모델 한 대만 구입하기로 결정했다.

"이거 주세요."

"지, 지금요?"

"네. 지금 바쁘니까 빨리 계약합시다."

백인 딜러의 표정이 급격히 온화하게 변하면서 말투도 한층

공손해졌다.

그의 태도 변화에 태선은 묘한 표정을 지었다.

"저기… 오빠, 나 이거 현실 맞지? 꿈 아니지?"

"현실이 맞다, 동생아."

"에이 씨, 아무래도 적응 안 돼. 이거 실화야?"

기분 좋게 차를 구입한 후 매장의 차를 바로 끌고 나와 칼리드 유스테판의 스튜디오로 향했다.

"오, 태웅! 차 끝내주는데?"

마중 나온 칼리드가 그의 차를 보곤 휘파람을 불며 감탄했다.

"지금 바로 뽑아 온 거예요. 차가 없어가지고."

"말을 하지. 바로 기사 딸려서 보내줬을 텐데."

"아니, 그런 건 됐고, 기분 좀 내고 싶어서."

"그 맘 알지. 하하하! 어서 들어와."

태선은 그 광경을 옆에서 보면서 여전히 혼이 나간 기색이었다.

'이 인간, 원래 이랬나? 어떻게 이렇게 태연할 수가 있지? 꼭 할리우드 스타 생활 오래 해본 사람처럼.'

태웅은 아무렇지도 않게 할리우드 최고 제작자의 안내를 받으며 스튜디오 유스테판 안으로 들어갔다.

"한국 일은 다 정리된 거야?"

"응. 아직 상대방은 수사할 게 남았다는데 나랑은 상관없어요."

그의 말에 칼리드는 고개를 끄덕였다.

"이미지메이킹은 꽤 잘된 것 같아. 감독도 처음에는 불만스러워하더니 요즘은 또 잠잠하더라고. 여기서 자네 별명이 뭔지 알아?"

"뭔데요?"

"퍼니셔(Punisher)야. 하하하하! 악을 응징하고 다닌다는 거지."

"헐!"

태웅이 아니라 그의 뒤에 있던 태선이 자신도 모르게 낸 소리다.

그녀는 깜짝 놀라서 얼굴이 빨개진 채 입을 막았다.

칼리드가 고서윤과 함께 서 있는 그녀를 보곤 호기심이 이는지 물었다.

"저 매니저 친구는 이전에 봤는데 처음 보는 숙녀분이 계시는군."

"내 동생이에요. 디자이너고요."

"오, 자네 여동생? 전혀 안 닮았는데. 하하하!"

그는 느끼한 미소를 지으며 태선에게 다가가 인사를 했다.

"헬로, 레이디. 저는 할리우드 제작자 칼리드 유스테판입니다."

"김태선이에요."

"당신 정말 아름답네요. 혹시 배우 할 생각 없나요?"

"배, 배우요?"

"칼리드, 지금 뭐 하는 거야?"

태웅이 동생의 앞을 철벽같이 막아서며 말했다.

"아니, 난 그냥 동생분 미모가 워낙 뛰어나서 말이지."

"내 동생은 안 돼. 얘가 이래 봬도 탁월한 발연기거든."

"발연기?"

"연기에 재능이 전혀 없다는 뜻이지. 그리고 얼굴도 화장 떡칠한 거야. 암튼 신경 꺼."

칼리드가 아쉬워하는 눈빛을 했다.

태선은 돌아가는 상황이 뭔지 몰라서 어리둥절해했다.

"고 매니저, 지금 내 욕하는 거 맞지? 뭔가 기분이 이상한데."

그녀의 말에 고서윤이 조용히 고개를 끄덕였다.

"뭐야? 내 이럴 줄 알았어. 저 인간들을 그냥……."

"나중에 하시죠. 지금은 중요한 미팅 중입니다만."

"체엣!"

툴툴거리는 그녀를 뒤로하고 태웅은 칼리드와 함께 대표실로 향했다.

"캐스팅된 배우들은 다 알지? 이미 언론에 기사가 났으니까."

"응. 조금 의외던데?"

"왜? 기대 이하야? 좀 별로인가?"

"아니, 생각보다 너무 호화 캐스팅이어서 말이야. 출연료를 어떻게 감당하려고 그래?"

태웅의 말대로 '삼총사: 더 웨스턴'은 생각보다 훨씬 호화로운 캐스팅의 영화였다.

주인공 달타냥 역의 태웅을 필두로, 그의 영혼 같은 동료 삼총사 셋은 그야말로 입을 쩍 벌릴 정도였다.

삼총사의 대장 격인 아토스 역할에는 마블의 슈퍼 히어로 무비 시리즈에 출연한 숀 그라함.

섬세하고 스타일리시한 미남자 아라미스 역할에는 할리우드의 신성이자 플레이보이 베니아 라조프.

호쾌하고 유머러스한 포르토스 역할에는 레이싱 영화 시리즈 '폭주의 도로'에 출연한 프로레슬링 선수 출신 액션 배우 카윈 존슨.

이뿐만 아니라 여주인공 콘스탄틴 역할에는 공전의 히트를 기록한 판타지 드라마 '얼음의 왕좌'의 매력적인 여배우 아리아 데니스가 캐스팅되어 태웅과 호흡을 맞추게 되었다.

그리고 악역이자 달타냥 최대의 숙적 총잡이 로슈포르 역할에는 현대 배경의 서부극 '킬러 카라마조프'에 출연한 카리스마 넘치는 배우 헤비츠 앤더슨이 맡아서 치열한 총싸움 대결을 펼치게 된다.

"왜? 쫄려? 하하하하!"

"쫄리긴요, 감동받아서 그러지."

"그래야지. 그렇게 기를 써서 주연 자리를 따냈으면 이 배우들 전부 발라 버리겠다는 마음으로 촬영에 임해야 하는 거 아니겠어? 잘 부탁해."

이름만으로도 쟁쟁한 할리우드 스타 배우들 사이에서 태웅이 어떤 모습을 보일지 칼리드는 상상만으로도 즐거워졌다.

어쩌면 정말 무모한 도박일 수도 있었다.

스타성과 연기력은 발군이지만, 동양계 배우를 할리우드 블록버스터의 주연배우로 내세운다는 것.

만약 그가 부담감에 무너진다면 이 거대한 도박은 처절한 악수가 되고 말 것이다.

할리우드 영화 산업은 영화 한 편에 어마어마한 자본과 인력, 시간이 투입되는 대공사이다.

이러한 일에 도박을 한다는 것은 실제 거의 불가능한 일.

그렇기에 할리우드 영화일수록, 블록버스터일수록 더욱 철저하게 기존의 성공 공식을 따른다.

안전한 길이 있는데 굳이 위험을 감수할 이유가 없었다.

그런데 아무도 하지 않는 짓을 칼리드는 저지르고 말았다.

이유는 스스로도 알 수 없었다.

지나치게 성공한 자의 만용일까?

하지만 태웅을 보면 끊임없이 그에게 뭔가를 걸고 싶어진다.

실제로 봐도 그렇지만 스크린에서의 그는 압도적인 아우라가 있었다.

업계 생활만 30년에 가까운 그의 감으로 보자면 이건 대박주도 아닌 초대박주였다.

그렇기에 그는 무모한 도박으로 보이는 도전을 감행한 것이다.

"이 영화가 실패하면 나는 물론 관계된 모두가 호된 꼴을 당할 거야. 엄청난 제작비는 공중분해되고 영화는 희대의 괴작으로 남겠지. 영화가 잘 뽑힌다고 해도 관객이 외면하면 그것 역시 실패야. 그러니까 무조건 성공해야 해. 무조건. 알았어?"

그는 마치 주문을 외우듯 태웅에게 말했다.

"걱정 접어두라니까. 나한텐 신경 쓸 게 없을걸요. 감독이나 다른 배우들 멘탈이나 잘 잡아줘요. 어지간히 배알 꼴려 할 테니까."

태웅의 말대로 이미 다른 배역에 캐스팅된 쟁쟁한 배우들의 속내는 뻔했다.

그들은 다들 자신이 주인공인 태웅보다 돋보일 생각을 품고 있으리라.

영화 자체의 화제성은 이미 압도적인 만큼 실패한다고 해도 자신들은 거액의 출연료를 챙길 수 있었다.

그리고 영화에서 강렬한 이미지만 준다면 다른 작품의 캐스팅에도 도움이 될 것이다. 그들에게 있어 현재 영화의 가장 큰 실패 요인이 있다면 바로 태웅이었다.

'한두 번도 아니고 딱히 걱정은 안 된다만……'

이미 지겹게 겪어본 일.

태웅은 어떻게 해야 촬영장을 제압할 수 있을지를 생각했다.

"참, 대본 리딩일은 금요일로 잡았어. 그리고 제작 발표회. 크랭크인이 멀지 않았으니 열심히 가다듬어 두라고. 총싸움 연습은 하고 있나?"

칼리드의 말과 동시에 태웅의 눈앞에 알림 메시지가 떠올랐다.

['삼총사: 더 웨스턴'에 캐스팅되었습니다.]

['총잡이' 능력치가 활성화됩니다.]

[현재 총잡이의 숙련도는 10퍼센트입니다.]

'전쟁 나갈 일도 없고 딱히 쓸 일은 없는 능력치지만……'

태웅은 씨익 웃었다.

어찌 됐든 폼 나는 능력이니 익혀둔다고 해서 나쁠 건 없었다.

"물론이죠. 촬영 전까지 명사수급으로 익혀둘 테니 걱정 말아요."

"자신감 하나는 끝내주는군. 하하하!"

칼리드는 껄껄거리다가 갑자기 웃음을 딱 멈췄다.

"왜 그래요?"

갑작스러운 변화에 의아해진 태웅이 물었다.

"그러고 보니 벤에 대한 얘기를 안 했군."

"감독이 왜요?"

칼리드는 나직하게 한숨을 쉰 후 입을 열었다.

"요즘 우울증이 심해. 아내가 바람이 났거든."

S# 4
악마적인 우연

　벤 하프만 감독은 잔인하고 유혈 낭자하며 트래시 토크가 넘쳐나는 영화 스타일과는 다르게 사생활에서는 가정적이고 온화한 남자였다.

　7년간의 연애 끝에 결혼한 미녀 여배우 낸시 스완슨은 그의 영원한 동반자이자 소울메이트였다.

　그런데 그녀가 최근 다른 남자가 생겨서 헤어 나오지 못하고 있다는 것이다.

　'또 시작이네, 또 시작이야.'

　영화만 찍었다 하면 사건 사고가 끊이지 않는 운명을 타고 났다고는 하지만, 할리우드에서까지 이 모양이라니.

하지만 아직 기회는 있었다.

"감독을 교체하면 어때요? 본인도 그렇게 힘들면 영화 찍는 거 자체가 고역일 것 같은데."

"그런 생각도 했지. 하지만 이 영화는 애당초 벤의 영화야. 벤이 코흘리개 시절부터 구상하고 기획했고 시나리오까지 썼지. 스토리보드를 아직 안 봤겠지만, 두 시간 반짜리 영화가 무려 7만 장이야. 거시기에 털 나기 시작할 때부터 연습장에다가 콘티를 짰더라고. 그런데 다른 감독을 생각할 수 있겠어?"

벤 스스로 절대로 이 프로젝트를 놓지 않을 거라는 말이다.

태웅 역시 같은 생각이다.

더군다나 아내가 바람까지 나서 떠난다면 그는 더더욱 작품을 놓지 않을 것이다.

그에게 남는 건 영화밖에 없을 테니까 말이다.

결혼 생활이라면 태웅도 전생에서 짧게 경험했다.

한 번은 스무 살 철없을 때 동네 친구와 술 마시고 즉흥적으로 성당에서 결혼했다가 일주일 후에 이혼했다.

그리고 두 번째 결혼 역시 같은 단편영화에 출연한 여배우와 스물다섯 살 때 충동적으로 했다.

역시 6개월 후 파경을 맞았다.

제대로 된 사랑이라고 생각한 것은 딱 한 번.

그리고 그 사랑이 끝난 후 그는 죽음을 맞이했다.

'7년이라… 7년이나 한 여자와 산다면 어떤 기분일까?'

애틋하기도 하겠지만 지겨울 것 같았다.

하지만 정말 사랑한다면 사실 수십 년을 함께 산다고 해도 질릴 것 같진 않았다.

아무튼 그런 동반자가 배신했다는 사실은 사람의 정신에 치명적인 악영향을 줄 것은 분명했다.

섬세한 예술 작업인 영화를 그런 정신으로 찍을 수 있을까?

감정을 바탕으로 연기해야 하는 배우라면 모를까, 치밀한 계산과 설계로 영화라는 건축물을 만들어야 하는 감독이라면 작업이 가능할지 미지수였다.

"상대 남자는 누구죠?"

"배우야. 아직 세계적인 스타라고 할 수는 없지만 급속도로 뜨고 있는 신성이지."

"오호라, 작품에서 만났군요?"

"그렇지. 그 여자가 멜로 영화 한 편을 찍었는데, 주변 사람들 말로는 그때부터 정신을 못 차렸다고 하더라고."

"영화 제목이 뭔데요?"

"'킬링 하트'라고, 로맨틱 코미디 영화야. 벤의 와이프는 아직 스물일곱이니까 창창한 나이지. 상대 녀석은 더 어리다던가."

"연하의 남자 배우와의 불륜이라……."

태웅은 순간 뭔가 이상한 기분을 느꼈다.

영화의 제목을 듣는 순간 등줄기를 흐르는 이상한 감각을 느낀 것이다.

'뭐지? 저 영화 제목, 분명 어디서 들은 적이 있는 것 같은데.'

기억을 더듬던 그는 순간 한 가지 결론에 도달하곤 소름이 돋았다.

"혹시 그 남자 배우 이름이… 엘리온 보나파르트입니까?"

"오, 맞아! 자네가 어떻게 알지? 그 영화를 봤나 보구면."

맙소사!

태웅은 피부를 타고 실지렁이가 기어가는 듯한 착각을 느꼈다.

우연일까?

물론 단순히 이름을 아는 배우가 영화감독의 아내와 바람을 피운 사건일 수도 있었다.

하지만…….

'기분 나빠 죽겠네. 도대체 엘런 그 자식은 배우 관리를 어떻게 하는 거야?'

물론 그가 할 말은 아니었다.

애당초 개망나니같이 군 걸로 따지면 전생의 자신을 능가하는 배우는 없으리라.

"영화… 봤죠. 정말 유망한 배우더군요."

"그 녀석, 묘한 매력이 있지. 뭐랄까, 악마적인 카리스마랄까? 게다가 가끔 보면 섬뜩하기까지 해."

"직접 본 적이 있나요?"

"그럼. 그 녀석 영화 촬영장에 몇 번 갔으니까. 의외로 실물은 평범해. 그런데 이상하게 스크린에서는 무슨 자석으로 끌어당기는 것처럼 묘한 매력이 있다니까. 그 점은 자네랑 비슷하군."

태웅 역시 실물보다 스크린에서 더욱 화려한 매력을 발산하는 배우로 유명했다.

그렇다고 실물이 화면보다 떨어진다는 소리는 아니었다.

분위기와 흡인력에서 스크린의 그는 역대 최고로 압도적이었다.

그 부분이 비슷하다는 사실 또한 태웅을 더욱 기분 나쁘게 했다.

"암튼 그 불륜 남녀는 잘 먹고 잘살고 있나 보네요."

"여자 쪽에서 아주 넋을 놓고 빠져든 모양이더라고. 남자 쪽은 그냥 잠자리 상대 정도로 생각하는 것 같은데 말이야. 사실 결말은 뻔하지. 여자는 무참히 버림받으나 돌아갈 곳은 없고, 남편은 돌이킬 수 없는 치명적인 상처를 입고, 바람둥이 남자는 다른 여자를 꾀고."

남의 얘기라고 참 신나게도 늘어놓는다.

태웅의 싸늘한 시선을 느낀 칼리드가 헛기침을 했다.

"여기는 할리우드니까 별의별 일이 다 일어나지. 이것도 그 중 하나야. 흠흠."

"그래서 대안은 뭔가요?"

"정 벤이 망가졌다 싶으면 대체 감독을 투입해야 하긴 하는데, 사실 그 지경이 되면 이미 영화는 더 볼 것도 없이 망했다고 봐야 하거든. 중간에 감독 바꾸고 잘된 영화 있으면 한번 나와 보라고 해."

그의 말대로 영화는 죽이 되든 밥이 되든 처음부터 끝까지 한 사람이 맡아서 연출을 해야 한다.

중간에 감독이 바뀌면 그때부터 수렁에 빠져드는 것이다.

그렇다면 도중에 바꾸는 건 안 되고, 벤이 망가진 상태라면 아예 다른 감독으로 촬영을 시작해야 하는 것이다.

"하지만 벤은 영화를 놓을 생각이 없다 이거고요."

"응. 아마 벤은 이 영화를 못 찍게 되면 죽을 거야. 눈빛으로 느낄 수 있어."

태웅은 생각에 잠겼다.

그렇다면 벤의 문제를 해결해 주면 되는 게 아닐까?

여자는 잘못을 깨닫고 다시 가정으로 돌아오고, 남편은 상처를 입긴 했지만 행복하고, 바람둥이는 알아서 잘살 것이다.

모두가 행복해지는 길이 아닌가?

"어쨌든 무슨 상황인지는 알겠어요. 일단 대본 리딩 날 감독이 나오는 건 맞죠?"

"당연하지. 그 정도는 할 수 있어."

"그럼 그때 상태를 한번 봐야겠어요. 그 후에 정확한 조언을 드릴 수 있겠네요."

칼리드는 자신이 어쩌다가 이 동양인 배우에게 이렇게 의지를 하게 되었는지 의아했다.

어느 순간 정신을 차려보니 자연스럽게 그와 동석하고 있고, 시간 가는 줄 모르고 자신의 방에서 웃고 떠들고 있었다.

얼굴을 안 지 얼마 되지도 않았는데 마치 오랜 친구 같은 기분이다.

"새 집 산 거 축하해. 비버리 힐스는 많이 시끄러운 곳인데 적응 좀 해야 할 거야."

"익숙하니까 괜찮아요."

"익숙하다고? 비버리 힐스에서 산 적이 있나?"

태웅은 말이 헛나왔음을 깨닫곤 말했다.

"서울은 훨씬 더 시끄럽거든요. 강남 같은 곳."

"아, 강남! 역시 강남은 그렇구만. 언제 한번 꼭 가보고 싶은데 말이야."

"나중에 한국 오면 안내해 줄게요."

몇 년 전 세계적인 히트를 기록한 한국 노래 때문인지 외국 사람들도 이젠 강남 하면 알아듣는 것 같았다.

칼리드와의 미팅을 끝내고 태웅은 두 사람과 함께 페라리를 타고 할리우드의 번화가 로데오 드라이브로 향했다.

"우와! 뜨또다, 뜨또!"

"헐, 대박! 조쉬 하트넷이야! 나 완전 사랑하는 남자 배우인데!"

"잭 블랙이다. 진짜 귀여워. 으흐흐……."

태선은 이곳저곳에서 할리우드 스타들을 보곤 연신 시끄럽게 굴었다.

"에잇, 쪽팔려 죽겠네. 좀 자연스럽게 행동해라."

"별꼴이야. 지가 언제 할리우드 스타였다고."

한참 동안 쇼핑도 하고 밥도 먹던 태웅은 문득 앞쪽을 보곤 익숙한 곳임을 알아차렸다.

TCL 차이니즈 극장.

미국 전역에서 태웅의 이름과 얼굴을 알게 한 유명한 셀프 핸드 프린팅 사건.

그 일로 인해 코리안 사이코 취급을 받으면서 이름을 널리 알릴 수 있었다.

욕도 많이 먹었지만 인지도가 높아진 것만 해도 감지덕지였다.

'여기도 이젠 추억의 장소가 되었군.'

태웅이 자신이 일을 저지른 장소 앞에 서서 빙긋 웃고 있는데, 뭔가 이상한 기분이 들었다.

고개를 들어 앞쪽을 보니 TCL 차이니즈 극장의 사장 호드

슨과 홍보 팀장 에드워드가 얼굴이 새파랗게 질린 채로 서 있었다.

"가, 갓뎀! 저 망할 자식이 또 왔어!"

"미스터 킴, 이번엔 정말 어림도 없습니다! 제발 무모한 짓은 하지 마세요!"

태웅은 자신을 향해 손가락질하며 달려오는 두 남자를 보곤 따분하다는 듯 하품을 했다.

'여긴 이제 흥미가 없어, 이 사람들아.'

그는 두 남자가 자신에게 달려오든 말든 횡단보도를 지나 총총걸음으로 지나가 버렸다.

닭 쫓던 개가 되어버린 두 사람은 멍하니 서서 건너편 길의 태웅을 멀거니 바라보기만 했다.

"지금 저거 우리 비웃은 거 맞지? 우리 가지고 장난친 거지?"

"그런 것 같습니다. 저희를 알아보고 일찌감치 장난을 치려고 생각한 듯합니다."

"젠장! 용서 못해! 망할 자식!"

호드슨은 이를 갈며 분통을 터뜨렸다.

"언젠가 저 빌어먹을 자식에게 호된 꼴을 보여주고 말겠어!"

그의 분노는 할리우드를 관통하는 바람에 실려 멀리 날아가고 있었다.

"다시 돌아왔구나. 야호!"

질끈 묶은 머리에 화장기 없는 얼굴.

캐주얼 복장에 스니커즈 차림의 강지나를 본 대부분의 사람들은 그를 학생이라고 생각했다.

그만큼 어려 보이는 얼굴이었지만 그녀는 벌써 단맛, 쓴맛을 적지 않게 맛본 강인한 마음의 처녀였다.

'밑바닥부터 시작해야겠구나.'

하지만 그녀는 도리어 익숙함이 주는 편안함과 즐거움을 느꼈다.

일단 당장은 아버지가 있는 로스앤젤레스의 집으로 가기로 했다.

"어휴, 짜증 나. 이 지긋지긋한 동네에 또 왔네."

그녀의 옆에는 볼멘소리를 하며 인상을 쓰는 훤칠한 청년 하나가 있었다.

모자를 눌러쓰고 선글라스를 얼굴에 바짝 붙이며 그는 연신 주위를 경계했다.

"난 글로벌 한류 스타니까 조심해야지. 이젠 알아보는 사람도 너무 많아서 곤란할 거 아니겠어? 물론 누나 같은 일반인이야 이런 기분 모르겠지만 말이야."

한껏 거드름을 피우는 그의 이마에는 사실 짙은 피멍이 들어 있었다.

ROD 건물에서 캔에 이마를 맞은 게 좀처럼 낫지 않고 시뻘 겋게 달아오른 폼이 웃겨서 강지나는 그를 보며 연신 피식거 렸다.

"왜 웃어? 빨리 캐리어나 끌어!"

"어머, 이 힘없는 누나에게 그런 무거운 캐리어를 끌라니, 너 무하는 것 아니니?"

"네가 더 너무하는 거 아니니? 너무 힘없는 척, 귀여운 척하 는 거 아니니?"

강창구가 그녀의 말투를 따라 하며 깐죽거렸다.

"어디 자꾸 그런 식으로 말해라. 확 그냥……."

싸늘해진 누나의 말투에 그는 딴청을 피웠다.

"근데 넌 여기 인지도 같은 거 없어. 영화 선택을 맨날 엉 망으로 하니… 한국에서야 어떻게 아이돌 팬들이 봐준다지만 여기선 어떻게 할래?"

"그, 그럴 리가……."

"당장 여길 봐라. 아무도 널 신경 안 쓰는데 혼자서 선글라 스에 모자에, 뭐 하는 짓이야? 부끄럽지도 않아?"

살벌한 그녀의 팩트 폭격에 마침내 강창구는 선글라스와 모자를 벗고 말았다.

"하여튼 하는 짓이라곤 싸움질뿐이고… 세훈 건설 그 사람 신경 쓰여서 어떻게 해?"

하지만 그렇게 말하는 그녀는 전혀 양선민에 대해 신경 쓰지 않는 것 같았다.

그 증거로 이름조차 기억을 못했다.

"그 자식이 먼저 캔으로 내 이마를 아작 냈으니까 그렇지."

"잘났다, 아주. 누가 너한테 그러면 너도 꼭 상대에게 똑같이 해줘야 하니?"

"그럼! 난 절대 안 잊지!"

"잘났다, 잘났어!"

동생을 놀리는 재미로 기분 전환을 한 그녀는 익숙한 할리우드 방향을 바라보며 거침없이 걸어갔다.

"가자! 아빠가 있는 집으로!"

그녀의 뒤를 허둥지둥 따르며 강창구가 외쳤다.

"집에 가서 뭐 할 건데? 그전에 누나, 여기서 대체 뭐 할 거야?"

그의 말에 강지나는 인상을 쓰며 말했다.

"기획사 차린다니까! 말했잖아!"

"어휴, 그게 될 것 같아? 한국에서야 할아버지가 다 마련해 줬으니 한 거지. 내가 참, 누나라서 같이 따라오긴 했는데……."

"되고말고. 우린 노하우가 있다고. 그리고 이 팔방미인인 누나가 하는 거잖니?"

그녀는 빙긋 웃었다.

앞날에 대한 걱정이라고는 하나도 없는 맑은 얼굴이었다.

                    *   *   *

'삼총사: 더 웨스턴'의 대본 리딩 날.

벤 하프만 감독은 마치 미라와 같은 얼굴로 촬영장에 나타났다.

살이 심하게 빠져서 겨울철 앙상한 나뭇가지를 보는 것 같았다.

'어쩌면 인간이 단시간에 저렇게 될 수 있지?'

의아할 정도로 피폐해진 모습에 제작진과 출연 배우 모두 아연실색했다.

"이봐, 벤. 컨디션이 너무 안 좋아 보여. 오늘 할 수 있겠어?"

"물론입니다. 아무 문제 없어요."

누가 봐도 문제가 많아 보이는 외양이었지만 벤은 다 죽어 가는 목소리로 호언장담했다.

사실 호언장담이라기보다는 죽기 직전 병상에서의 유언 같은 느낌이었지만.

모두의 우려 속에서 그는 의외로 담담해 보였다.

대본 리딩 장소인 회의실은 사각형의 테이블에 배우들이 빼곡하게 앉는 구조였다.

할리우드에서의 대본 리딩이라고 해서 딱히 다를 게 없었다.

다만 천장에 TV 모니터가 곳곳에 걸려 있고 영화나 뮤직비디오 영상 같은 것도 흘러나와서 어떻게 보면 좀 더 정신없기도 했다.

'아주 쟁쟁하네.'

태웅은 주위를 둘러보곤 감탄을 금할 수 없었다.

현존 할리우드에서 가장 핫한 배우들이 총집결해 있었다.

이번 영화는 정말 흔히 볼 수 없는 대작 블록버스터가 될 예감이 들었다.

재능 있는 영화감독이 어릴 때부터 준비해 온 대작 프로젝트인 데다 상업적으로 먹힐 만한 소재와 시나리오, 걸출한 배우들과 할리우드 최고의 제작자, 1억 5천만 달러라는 거액의 제작비까지.

이런 영화에 태웅이 주연을 맡았다는 것 자체도 신기하기 짝이 없는 일이었다.

"헤이, 자네가 바로 퍼니셔구만? 앞으로 잘 부탁해."

아토스 역할의 숀 그라함이 태웅에게 다가와 악수를 청했다.

그는 마블의 슈퍼 히어로 시리즈에 출연하여 일약 세계적인 스타가 된 인물로, 억만장자이자 군수업체 회장으로 출연하여 세계 영화 팬들에게 강렬한 인상을 주었다.

중후한 외모지만 코미디와 액션도 잘 소화하며 출연료 또한 삼총사의 출연 배우 중 최고 수준이었다.

"반가워요. 당신이 바로 그 유명한 '피스트맨'이군요?"

"하하하, 그래봤자 이 영화에서는 조연일 뿐이지. 물론 끝까지 조연일지는 봐야 알겠지만 말이야."

친근하게 굴면서도 은근히 기 싸움을 하려고 했다.

그의 말대로 삼총사의 대장 '아토스' 역할은 경우에 따라 주인공보다 강렬한 인상을 줄 수도 있는 주요 배역이다.

그렇기 때문에 달타냥의 존재감이 옅다면 도리어 아토스에게 포커스가 집중될 수도 있었다.

워낙 스타 배우이기 때문에 태웅이 그의 무게감과 카리스마에 눌려 버린다면 주인공이 주인공이 아니게 될 것이다.

화려한 배우들이 차례로 대본 리딩을 위해 회의실로 들어왔다.

대부분 으리으리한 명성과 재산을 보유한 슈퍼스타들이었지만 상당수가 평범한 티셔츠에 청바지, 운동화를 신은 편한 차림이었다.

스크린에서의 화려함에 비해 초라하게 보이는 이들도 적지 않았다.

'아직 입금 전인가?'

실제 촬영까지는 다소 시간이 남은 만큼 얼마나 그들이 관리해서 올지는 모르겠지만, 지금으로서는 주인공인 태웅의 외모가 가장 빛났다.

"다들 도착했나?"

다이어트 콜라를 든 칼리드가 느긋하게 등장했다.

"베니 빼고는 다 왔나 보네. 이 친구는 왜 또 늦는 거야?"

"요즘 요가를 배우고 있는데 무리하게 해서 근육통이 심하답니다. 물리치료 좀 받고 온다더군요."

비서의 말에 칼리드가 한숨을 내쉬었다.

"별의별 희한한 핑계가 다 있네. 일단 그 친군 빼고 진행하자고."

할리우드에서 시간은 곧 돈이었다.

철저하게 적용되는 공식이기 때문에 지각생을 기다려 줄 여유 따위는 없었다.

"베니가 베니아 라조프인가요?"

태웅의 질문에 옆자리에 앉은 숀 그라함이 말했다.

"응, 애칭이지. 우리 영화배우 중 그 친구가 자네 다음으로 꼴통일걸?"

'내가 그 정도인가?'

태웅은 그의 말에 고개를 갸우뚱했다.

TCL 차이니즈 극장의 일과 한국에서의 일들까지 알려지면서 태웅은 이미 이슈 메이커로 통하고 있었다.

할리우드에도 많은 동양계 배우들이 진출해 있지만, 코믹한 이미지 아니면 조용하고 수수한 이미지가 많다.

아니면 완전 악역이거나.

하지만 태웅은 칸 영화제 남우주연상이라는 프리미엄에다 한국에서 폭력 조직과 대립한 일, 그리고 미국에서의 돌출 행동으로 기존 동양 배우들과는 다르게 각인되었다.

게다가 동양인들에게 별로 관심 없는 백인 여성들마저 사로잡을 정도로 분위기 있고 매력적인 외모 때문에 남다른 스타성을 보유한 배우로 평가받고 있었다.

'그런데 저 녀석은 뭐야?'

건너편 자리에서 자신을 뚫어져라 쳐다보고 있는 한 거한을 보고 태웅은 심기가 불편해졌다.

물론 이름은 알고 있다.

카윈 존슨.

세계 최고의 프로레슬링 단체 WWE의 챔피언 출신으로, 전성기가 지난 후 배우로 전향하여 성공 가도를 달리고 있는 스타이다.

미국에서 20퍼센트 이상을 차지하고 있는 히스패닉 계열로, 이들의 열광적인 지지를 얻고 있어 향후 정계 진출도 노린다는 소문이 있었다.

제2의 아놀드 슈워제네거가 되려는 건지 SNS에 정치적인 발언을 수시로 하고 있어 언론에 자주 언급되기도 했다.

숀 또한 그의 시선을 눈치챘는지 묘한 미소를 짓고 있었다.

"도대체 첫날부터 늦다니 매너 참 대단하시군."

이 안에서 연기 경력으로는 가장 오래된 헤비츠 앤더슨이 노골적으로 불쾌한 티를 냈다.

카리스마가 넘치는 배우들 사이에서도 그가 내뿜는 기운은 보통이 아니었다.

'여전하네, 헤비츠.'

아카데미 남우조연상을 수상한 경력도 있는, 연기 27년 차의 배우이다.

스크린에 등장하면 압도적인 아우라를 발휘하는 그는 달타냥 최강의 숙적 로슈포르 역할을 맡아 태웅과 정면으로 연기 대결을 펼치게 될 것이다.

누가 보더라도 태웅이 밀리는 상황.

하지만 불안은커녕 걱정조차 되지 않았다.

이미 헤비츠와는 두 번이나 같은 작품을 한 적이 있기에 그의 성격과 연기 패턴을 모조리 파악하고 있는 태웅이다.

누가 자기 시간을 뺏는 것을 무척 싫어하는 헤비츠이기에 그 베니아란 녀석은 초장부터 단단히 찍힌 게 틀림없었다.

"일단 베니아 역은 내가 할 테니 시작합시다."

벤의 말에 대본 리딩이 시작되었다.

*   *   *

대본 리딩이 절반쯤 진행되었을 때 누군가 거친 숨소리를 내며 회의실 안으로 뛰어 들어왔다.

"에고, 이거 미안합니다. 200킬로미터로 밟았는데도 늦었네요."

베니아 라조프.

요즘 가장 핫하다는 배우로, 몽환적인 눈빛이 인상 깊은 미남자였다.

키는 175센티미터 정도로 할리우드에서는 작은 편이었다.

하지만 갸름한 턱선과 짙은 눈썹, 그리고 사람을 홀릴 듯한 나른한 눈빛에서 마성이 느껴졌다.

"참 빨리도 오는군. 얼른 가서 앉지? 지금 벤이 자네 몫 반은 했다고."

칼리드의 타박에 베니아가 멋쩍은 듯 손을 흔들었다.

"벤, 미안해요. 내 배역은 무사한 거죠?"

피식거리는 그에게 발끈했는지 헤비츠의 인상이 험악해졌다.

"돈값도 못하는 애송이구먼. 시간도 못 지키는 게 할리우드 스타? 지나가던 바퀴벌레가 웃겠다."

나직한 목소리였지만 회의실의 모두가 들을 수 있을 만큼 또렷했다.

정작 그 말을 못 들은 사람은 당사자인 베니아뿐이었다.

그가 착석하자 다시 대본 리딩이 진행되었다.

도중에 참여하여 경황이 없는 베니아였지만 자신의 차례가 되자 놀랄 정도의 집중력을 보여줬다.

한동안 그를 못마땅한 표정으로 지켜보던 배우들조차 은근히 감탄할 정도였다.

'제법 쓸 만하네. 앞으로 사고만 안 치면 할리우드에서 롱런할 수 있겠어.'

태웅은 그의 가능성을 인정했다.

외모도 느낌 있고 연기력도 훌륭했다.

자기 관리만 잘 하면 좋은 배우로 길이 남을 수 있을 것이다.

태웅이 다른 사람을 평가하고 있는 사이, 다른 모든 배우들 역시 태웅을 평가하고 있었다.

명성이나 경력 등 모든 면에서 짓눌리다 못해 뭉개져야 할 신인 동양 배우가 너무나도 태연하게 대본 리딩을 하고 있는 것이 놀라웠다.

게다가 더 대단한 것은 완벽한 영어를 구사하고 있다는 점이었다.

억양과 발음에서 전혀 어색한 부분이 없어서 한국계 미국인으로 여겨질 정도였다.

처음 태웅을 은근슬쩍 무시하던 몇몇 배우들의 시선이 달라졌다.

'괜히 달타냥 역할을 맡은 게 아니구나. 그런데 저 친구, 왜 저렇게 할리우드가 익숙해 보이지?'

대본 리딩이 마무리된 후 벤이 가볍게 박수를 쳤다.

"느낌 좋네요. 다들 배역 해석은 잘된 것 같아요."

"그러게. 이번 영화 정말 대박 나겠는데?"

칼리드 역시 대단히 즐거워 보였다.

워낙 쟁쟁한 배우들이라 그런지 툭툭 내뱉는 대사들조차 조금의 미숙함도 없었다.

아직 신예라고 할 수 있는 여주인공 역의 아리아 데니스조차 특유의 허스키한 목소리로 깔끔하게 대사를 쳐냈다.

태웅은 말할 것도 없었다.

너무 능숙해서 원래 할리우드 생활을 오래한 배우처럼 위화감이 전혀 없었다.

"다들 수고했어요. 촬영일과 로케이션이 확정되면 연락 줄 테니 모두 컨디션 조절 잘하길 바라요."

'빨리도 끝나네.'

다들 시간당 어마어마한 돈을 벌어들이는 톱스타들인 만큼 조금도 낭비할 시간이 없는 것 같았다.

지금 눈앞에서 갑자기 시비를 걸어대는 전직 레슬러 카윈 존슨 외에는.

"헤이, 태웅. 내 친구 라울러가 너한테 신세 많이 졌다더군. 기억나나?"

갑작스러운 그의 말에 태웅은 기억을 되살려 보았다.

칸에서 칼리드를 처음 만났을 때, 그의 파티에서 흠씬 두들겨 준 전직 미식축구 선수 출신 배우.

그 밥맛없는 근육 덩어리 인종차별 주의자 이름이 바로 라울러 홈즈였다.

"응. 당연히 기억나지. 그 백인 쓰레기 말이지?"

"이봐, 경고하는데, 말 함부로 하지 않는 게 좋을 거야."

"난 인종차별 주의자는 사람 취급 안 하는 주의라서. 당신도 유색인종인데 한 소리 안 들었나 보지?"

"노우. 그는 인종차별하는 사람이 아니야. 그랬으면 나와 친구일 리 없지. 그는 단지 네가 마음에 안 들었을 뿐이다."

"그런데? 뭘 어쩌라는 거지?"

"내 친구한테 사과하고 경거망동하지 마. 너 자신을 위해서도 그게 좋을 거야."

태웅은 씨익 웃었다.

이 덩치는 사리 분별 못하는 바보인 것 같진 않은데 아무래도 과대평가한 모양이다.

"사과는 그 돼지가 나한테 해야 하는 거야. 그리고 난 당신 명령을 들을 이유가 없어. 난 주인공이고 당신은 조연이니까. 주제 파악이나 해."

카윈이 위압적인 시선으로 내려다보았지만 태웅은 아무렇지도 않게 맞받아쳤다.

심상치 않은 기류를 눈치챈 슌이 다가와 농담을 던졌다.

"그렇게 신경전 벌일 거면 영화 시작하기 전에 한판 뜨라고.

지는 쪽이 영화에서 빠지는 거야. 어때?"

키득거리는 폼이 이 인간도 어지간히 괴짜인 모양이다.

"난 상관없는데."

카윈의 말에 태웅은 씨익 웃었다.

"나도 상관없지만, 할리우드에서나마 당분간 조용히 있고 싶으니 귀찮게 굴지 마. 두들겨 맞고 어디 가서 소문내면 나만 손해라고."

카윈의 눈썹이 꿈틀거렸다.

미친놈 같던 라울러 홈즈에 비하면 훨씬 냉정하고 점잖았지만, 그 역시 거친 부류의 마초였다.

"어서 가시죠, 형님. 다음 스케줄도 있으니까요."

등 뒤에서 구원의 손길 같은 목소리가 들려왔다.

고서윤이 기계 같은 얼굴로 서 있는 것이 보였다.

"난 이만 바빠서 실례."

태웅은 고서윤과 함께 자리를 떴다.

뒤통수에 카윈의 따가운 시선이 느껴졌지만 신경 끄기로 했다.

"잘하셨습니다. 일일이 대응할 필요 없습니다."

고서윤의 말에 태웅은 미간을 찌푸렸다.

"나도 매번 사고만 칠 수는 없으니까. 다음 스케줄은 뭐지?"

"영화 매체와 인터뷰입니다. 그런데 아는 얼굴이 있더군요."

"아는 얼굴? 누구?"

"메이린 씨가 여기 와 있습니다. 할리우드에 진출하신다는 군요."

*　　　*　　　*

인터뷰 현장에 미리 와 있던 메이린은 태웅을 보곤 얼굴 가득 반가운 빛을 띠었다.

"태웅 오빠, 여기서 보네요?"

오랜만에 봐서인지 태웅 역시도 그녀를 보곤 기분이 좋아졌다.

여전히 기계 같은 느낌의 매니저 하오룽이 고개를 꾸벅 숙이며 인사했다.

"다들 오랜만이네. 그런데 여긴 무슨 일이야?"

"무슨 일이라니, 인터뷰하러 왔죠. 이제 할리우드 배우니까."

이번에 유명 영화 제작사 21세기 픽처스를 인수한 중국의 펜다 그룹은 메이린의 아버지이자 삼합회의 간부인 차오웨이와도 인맥이 닿아 있었다.

차오웨이는 중국 대륙은 물론 아시아권의 프린세스로 떠오르고 있는 메이린을 펜다에 적극 추천했고, 그녀는 펜다 그룹이 제작하는 첫 작품에 중요한 배역으로 캐스팅되었다.

"'타워 디펜스'라는 액션 영화예요. 태웅 오빠한테도 시나리오 보내라고 했는데 못 봤어요?"

태웅이 고서윤을 바라보자 그는 고개를 저었다.

"아직 컨택 온 시나리오는 없습니다만."

"그래요? 이상하다. 분명 얘기했는데. 다시 한번 추천해 볼게요."

'굳이 그럴 필요는 없는데……'

태웅은 사실 안 봐도 무슨 영화인지 대충 알 것 같았다.

중국 자본의 할리우드 진출은 최근 '차이나 인베이전'이라고 불릴 정도로 대규모였다.

중국 거대 자본이 할리우드 영화사를 인수하면서 중화사상을 대변하는 작품들이 나오기 시작한 것이다.

이제는 지구도 중국인이 지키고 중요한 상황에서는 중국의 활약과 판단으로 문제가 해결되었다.

'타워 디펜스' 역시 마찬가지일 것이다.

"근데 태웅 오빠는 주연이라면서요? 어떻게 첫 작품부터 주인공을 해요?"

"난 칸이 사랑한 남자니까 그렇지."

"우, 자신감이 넘쳐나시네."

이미 칼리드의 유스테판 스튜디오에서는 다양한 보도 자료를 통해 태웅을 띄우고 있었다.

그도 그럴 것이 워낙 대단한 모험을 한 것이기에 태웅의 상품성을 높이지 않으면 엄청난 제작비가 투입되는 이번 프로젝트를 망칠 것이기 때문이다.

지금까지 출연한 영화들은 연이어 대박을 쳤지만, 이번만큼은 태웅도 홍행을 자신할 수가 없었다.

'뜨는 짓으로 인지도 높이는 것도 한계가 있고… 정공법으로 승부하는 수밖에 없겠다.'

이번 영화는 할리우드 첫 작품인 만큼 그로서도 만반의 준비를 거쳐 촬영에 임할 생각이다.

"아빠가 조만간 할리우드에 기획사를 차릴 것 같아요. 혹시 옮길 생각 없어요?"

"아니. 난 지금이 제일 좋아."

"너무 단호한 거 아니에요? 좀 천천히 생각해 보고 말해주면 안 돼요?"

그녀가 툴툴거렸다.

입을 삐죽 내밀고 눈을 흘기는 모습을 보니 할리우드의 미녀 배우들과 견주어도 조금도 꿀리지 않았다.

아버지의 백이 아니더라도 충분히 스타가 될 재목이었다.

"그런데 왜 우리가 또 같이 묶인 거지?"

"몰라요. 기자한테 물어봐요."

할리우드 시내의 근사한 카페를 통으로 빌려서 인터뷰가 진행되었다.

알고 보니 인터뷰를 진행하는 할리우드 영화 매체 카플필름 측이 운영하고 있는 카페였다.

"안녕하세요. 카플필름의 스콧 핸드릭입니다. 두 분을 뵙게 되어 영광입니다."

핸섬한 얼굴에 뿔테 안경을 쓰고 깔끔한 세미 정장 차림의 젊은 남자가 카페 안으로 들어와 두 사람에게 악수를 청했다.

메이린의 얼굴에 화색이 도는 것으로 보아 제법 기자가 마음에 드는 모양이다.

"할리우드에 새로 입성한 동양계 배우인 데다 남녀 대비를 위해 두 분을 한자리에 모셨습니다. 또 두 분이 친분이 있다고 들어서 괜찮은 그림이 나올 것 같아서요."

태웅에게 칸 영화제 남우주연상을 안겨준 영화 '결심, 하다'는 세계 영화 팬들 사이에서 널리 알려진 작품이었다.

"사실 그렇게 친하진 않은데요. 하하하!"

"에이, 그래도 우린 같이 죽을 고비를 넘겼잖아요."

두 사람의 모습을 보고 스콧이 빙긋 웃었다.

"충분히 친하신 것 같네요. 그쪽에서 자주 쓰는 말로 국민 남매 같은 건가요?"

"국적이 달라서 그렇진 않습니다."

리허설이 끝난 후 본격적인 질문이 이어졌다.

"태웅 씨는 놀랍게도 최초의 할리우드 진출작에서 주연에 캐스팅됐는데요, 심지어 스튜디오 유스테판의 야심작 '삼총사: 더 웨스턴'이기에 큰 화제가 되었습니다. 부담감이 상당하실 것 같은데 어떠신가요?"

"부담은 전혀 되지 않습니다. 쟁쟁한 배우들과 대작에 출연하게 되어 기쁘고요, 온 힘을 다해 연기하여 멋진 캐릭터를 선보일 생각입니다."

조금도 머뭇거리지 않는 시원한 대답이다.

"자신감이 좋네요. 이번엔 돌직구 한번 가보죠. 동양계 배우로서 상품성이 떨어진다는 지적도 있는데 어떻게 생각하시는지요?"

거침없는 질문이었지만 빙빙 돌리는 것보다는 나았다.

"그렇게 생각하진 않습니다. 단지 동양인이 주연이라는 이유로 흥행이 안 될 것 같다는 예측에도 동의할 수 없고요. 오히려 할리우드를 벗어나 세계적인 흥행을 할 수 있는 가능성도 충분하다고 봅니다."

"오히려 동양인이라서 유리하다?"

"그렇죠. 할리우드를 정복한 브루스 리처럼 김태웅 하면 무조건 영화관을 찾게 만들 겁니다. 전 세계인이 사랑하는 배우, 영화사에 남는 배우가 될 거고요. 삼총사는 그 첫걸음이죠."

태웅은 거침없이 자신의 포부를 이야기했다.

인터뷰를 하면 할수록 스콧은 자기도 모르게 그에게 빨려들어 가는 것을 느꼈다.

자신감이 넘치지만 들뜨지 않고 가볍지도 않았다.

한마디 한마디 할 때마다 귀에 화살처럼 말이 꽂혔고, 눈빛은 호랑이처럼 번뜩였다.

하지만 웃을 때는 한없이 순진한 소년 같았다.

'생각보다 훨씬 대단한 배우인데?'

사실 자신에게 태웅을 취재하라는 업무가 내려왔을 때는 썩 내키지 않았다.

얼핏 태웅에게 느낀 이미지는 이런저런 이슈를 일으키며 운 좋게 대형 블록버스터에 캐스팅된 동양 배우였다.

전통 있는 TCL 차이니즈 극장 앞의 핸드 프린팅 사건에 대해 들었을 때도 영 기분이 좋지 않았다.

그런데 이렇게 직접 보니 생각보다 훨씬 사람을 빨아들이는 마력이 강렬한 배우다.

"메이린 씨는 요즘 중화권을 넘어 아시아의 별로 떠오르고 있는데요, 비교적 빨리 할리우드에 진출하시게 되었네요. '타워 디펜스'는 어떤 영화인가요?"

메이린은 마치 반 친구에게 이야기하듯 타워 디펜스의 내용에 대해 늘어놓았다.

수명이 다 되어 지구 궤도를 돌던 인공위성이 추락하게 되는데, 그곳에 실려 우주에서 온 정체불명의 바이러스가 세계에 퍼진다.

바이러스에 걸린 사람들은 괴물로 변하고, 이들에게 내몰린 인류는 거대한 탑을 만들어 방어에 돌입한다.

여러 개의 탑이 차례차례 괴물들에게 함락당하고, 마지막 남은 탑을 수호하던 인류는 진 제국의 황제 진시황이 남긴 인류 승리의 열쇠 '불로초'를 찾아 반격을 꾀한다.

역시 중국의 위인 중 하나인 진시황과 그의 유명한 설화를 스토리 라인에 집어넣어 은근슬쩍 중화사상을 퍼뜨리는 영화였다.

하지만 얼핏 듣기에도 대단히 흥미로운 오락 영화임에 분명했다.

영화의 여자주인공이자 진시황의 핏줄인 소녀 '황링' 역을 맡은 메이린은 불로초의 비밀을 아는 유일한 인류로 영화의 핵심이나 다름없는 역할을 맡았다.

"정말 기대되네요. 삼총사와 타워 디펜스, 내년에 개봉한다면 두 영화가 경쟁할 수도 있겠어요."

촬영 기간이나 후반 작업에 따라 달라지겠지만, 비슷한 시기에 크랭크인이 된다면 스콧의 말대로 같은 시기에 개봉할 가능성이 충분했다.

"그건 모르는 일이에요. 아직 타워 디펜스는 캐스팅이 다 안 됐거든요."

"아하, 그렇군요!"

"여기 이분이 출연할 수도 있는 거고요."

농담인지 진담인지 구분이 가지 않았지만, 그녀가 태웅과 함께 또 영화를 찍고 싶은 것은 분명해 보였다.

"만약 그렇게 된다면 '결심, 하다'에 이어 다시 한번 두 분이

뭉치시겠군요."

'그럴 일은 없을걸.'

그는 작품을 작품으로만 보고 싶었다.

정치적인 의도나 훈계가 들어간 영화라면 그는 예술 작품으로 인정할 수 없었고, 출연할 생각도 없었다.

인터뷰가 끝난 후 두 사람은 바로 위층의 스튜디오에서 함께 기사에 쓸 사진을 찍었다.

태웅은 서부극에 나오는 총잡이 복장, 메이린은 괴물들과 싸우는 여전사 스타일의 복장을 입었다.

"오랜만에 태웅 오빠랑 같이 이러고 있으니 옛날 생각난다. 또 기회가 있겠죠?"

"글쎄……."

은근히 자기 영화에 출연시키려고 꼬드기는 것 같아 그는 일부러 말을 흐렸다.

그 속을 알면서도 메이린은 계속해서 태웅에게 미끼를 던졌다.

'정말 재밌는 배우들이야. 특히 태웅. 아무래도 슈퍼스타가 될 것 같은 기분이 들어.'

그들을 지켜보며 스콧은 앞으로 태웅을 주시해야겠다는 생각이 들었다.

기삿거리를 무수히 제공해 줄 뿐만 아니라 역대급 스타로 성장할 가능성도 다분한 배우였다.

*   *   *

〈할리우드 정복을 꿈꾸다! 검은 눈의 두 전사!〉

'사진은 멋지게 뽑아놓고 기사 제목은 더럽게 후지네.'

태웅은 인터넷에 실린 카플필름의 인터뷰 기사를 보고 속으로 욕을 퍼부었다.

하지만 어찌 됐든 영화 쪽으로는 전통 있는 매체이기에 수많은 댓글이 달렸다.

—태웅, 자신감 있어서 좋아. 동양인이지만 할리우드 씹어먹을 듯.

—솔직히 동양 남자는 별론데 이 남자랑은 데이트할 수 있을 것 같다.

—메이린, 겁나 예쁘다. 근데 중국 여자라 별로…….

—국적이 뭔 상관이냐? 그런데 영화가 완전 중국 짱짱인 느낌인데?

—삼총사 좋아하는데 달타냥을 태웅이? 솔직히 안 어울려.

—난 괜찮은데? 총잡이 복장 보니까 느낌 있다.

예전에는 좋은 댓글보다는 디스에 가까운 글이 많았다.

이걸 보니 확실히 태웅에 대한 미국 대중들의 시선이 달라진 것 같았다.

그는 딱히 크게 기쁘지도, 다급하지도 않았다.

어차피 시간이 해결해 줄 것이다.

"제작사에서 연락이 왔습니다. 다음 주에 액션 스쿨에 나오라는데요."

한창 댓글의 바다에 빠져 있는데 고서윤이 말했다.

이제는 아예 새로 구입한 저택에 방 하나를 주고 함께 사는지라 이렇게 수시로 불쑥 나타나곤 했다.

출퇴근 시간도 없이 꼭두새벽이든 한밤중이든 갑자기 나타나 화들짝 놀라게 하는 바람에 몇 번 주의를 주었지만, 별로 달라진 점은 없었다.

"액션 스쿨이라… 액션 감독이 쿠만 레이놀즈였나?"

'삼총사: 더 웨스턴'의 액션 감독 쿠만의 액션 스쿨은 스튜디오 유스테판에서 두 블록 정도 떨어진 곳에 있었다.

쿠만은 예전에 독창적인 액션 신을 많이 기획했는데, 근 미래 액션 영화 '블러드 심포니'에서의 총기 액션 신은 그야말로 영화사에 신기원을 열었다는 평이 많았다.

블러드 심포니 이전의 영화 중 태웅이 가장 감명 깊게 본 총기 액션 신은 바로 크리스찬 베일이 출연한 '이퀼리브리엄'이었다.

일명 '건카타'라고 이름 지은 권총 무술로 근거리에서 사무

라이들이 칼싸움을 하듯 현란한 총싸움을 펼치는 장면은 태웅의 뇌리에 깊이 남아 있었다.

바로 그 '이퀼리브리엄'의 뒤를 이어 최고의 총싸움 신으로 불린 작품이 바로 '블러드 심포니'였다.

고철을 분해하여 즉시 총기로 조립할 수 있는 능력을 가진 주인공이 국가기관에 쫓기게 되는 내용으로, 이 작품에서 등장하는 총기 액션 신은 가히 혁명적이었다.

'꼭 하고 싶은 작품이었는데……'

전생에서 그가 맡고 싶었지만 당시 그는 한창 잘생긴 외모만 강조되던 신인이어서 다른 배우가 영화에 캐스팅되고 말았다.

그때의 한을 이번 영화에서는 마음껏 풀 수 있겠다 싶어 그는 가슴이 두근거렸다.

'쿠만 레이놀즈라면 역대급 총기 액션 신을 만들 수 있을 거야. 아주 재미있겠어.'

S# 5
역대급 총기 액션의 탄생

　쿠만 레이놀즈는 마흔두 살의 액션 감독으로, 총싸움 신에서는 할리우드에서 둘째가라도 서러울 선수 중의 선수였다.

　벤 하프만은 예전부터 알고 지낸 그를 자신의 영화 액션 감독으로 낙점했다.

　총싸움이 주로 나오는 퓨전 서부극 '삼총사: 더 웨스턴'에서 그만큼 적합한 액션 감독은 없기 때문이다.

　"오늘도 문제 일으키시면 안 됩니다. 마음에 안 든다고 두들겨 패거나……."

　"알았어, 알았어. 내가 무슨 깡패야? 그리고 나 한동안 조용히 살기로 했잖아."

"그런 말씀은 늘 하셨습니다만……."

고서윤의 걱정을 일축하며 태웅은 자신만만하게 액션 스쿨 안으로 입장했다.

역시 할리우드 최고 수준의 액션 스쿨이다 보니 그가 한국에서 다니던 곳과는 비교가 되지 않는 으리으리한 시설이었다.

그가 데리고 있는 스턴트 코디네이터만도 여럿일 정도였는데, 다들 굵직한 영화 하나쯤 맡아본 실력자들이었다.

"이번 영화는 총잡이 영화니까 여러분은 총잡이가 되어야 합니다. 아주 능숙하고 폼 나는 총잡이. 아셨죠?"

금발에 심한 곱슬머리, 그리고 평범한 백인의 한 남자가 사람들을 모아놓고 말하고 있는 광경이 태웅의 눈에 들어왔다.

액션 연기를 담당할 배우들을 모아서 트레이닝하는 것 같았는데, 스케줄에 따라 진행되기에 한 번에 모든 배우와 하는 것은 아니었다.

쿠만은 평범한 체격의 남자로, 길에서 흔히 볼 수 있는 백인 남자였다.

하지만 팔뚝이나 어깨에서 드러나는 탄탄한 근육이 예사롭지 않아 보였다.

"당신이 태웅이군요. 반가워요. 쿠만 레이놀즈입니다."

두 사람은 인사를 나눴다.

액션 영화에서 액션 감독과 주연배우는 때론 감독보다도

더 친근한 사이가 된다.

그만큼 함께 많은 시간을 보내야 하고, 온갖 대화를 주고받아야 한다.

태웅은 그를 보곤 첫눈에 호감이 갔다.

그것은 쿠만 역시 마찬가지인 듯했다.

"영화 주인공도 왔으니 지금부터 제대로 한번 해볼까요?"

태웅에게 사람들의 시선이 집중되었다.

주인공인 그가 얼마나 멋지게 액션을 소화해 내느냐에 따라서 영화의 성패가 결정될 수도 있기에 자연스레 눈길이 가지 않을 수 없는 것이다.

"태웅, 액션 연기 해본 경험은 있어요?"

쿠만의 말에 태웅은 씨익 웃었다.

이건 마치 '목사에게 기도해 본 적 있느냐'라거나 요리사에게 '칼질 해본 적 있느냐'라고 묻는 것과 다를 바 없었다.

"저 스턴트맨 출신입니다."

그 말에 좌중이 술렁거렸다.

쿠만의 표정이 눈에 띄게 밝아졌다.

"정말인가요? 하하하! 이거 걱정 없겠네. 그래도 이번 액션은 다른 것과는 조금 다를 거요. 총싸움이니까. 한국은 총기 소지 국가가 아니라고 했죠?"

"총기 소지는 불법입니다. 다만 징병제 국가라서 2년 가까이 군인 생활을 해야 하죠."

짝짝짝!

쿠만은 이제 박수까지 쳤다.

"굿! 아주 좋아요. 총기 액션에 있어 갖출 건 다 갖췄군요."

그는 모형 권총 두 개를 양손에 든 후 위로 들어 보였다.

"우리 액션의 기본자세입니다. 다들 삼총사 읽어보셨죠? '결투를 신청한다!' 같은 대사 많이 봤을 텐데 우리 영화에서는 이 결투가 바로 총싸움입니다. 다만 옛날 서부극같이 총 한 자루 들고 서로 등진 후 몇 걸음 가다가 돌아서서 탕! 이런 건 절대 아니니까 명심해 두세요."

삼총사의 세계관은 아포칼립스를 연상시키는 황폐화된 미국 서부 무법 지대.

금주법으로 인해 도리어 술을 밀수하여 거부가 된 초기 마피아들과 술을 수송하는 상단들이 한패가 된 세상이다.

이들에게 거액의 뒷돈을 받는 정치가들과 지역 유지들까지 주민들을 핍박하는데, 이곳에 중앙정부의 특명을 받고 나타난 영웅들이 바로 삼총사.

이들은 평범한 떠돌이 총잡이로 위장하고 비밀리에 지역의 제왕 같은 존재인 리슐리외의 비리를 캐기 위해 움직인다.

천둥벌거숭이 같은 촌뜨기 총잡이 달타냥이 등장하면서 영화가 시작된다.

"달타냥은 농사짓다가 보안관이 되기 위해 서부로 온 촌뜨기지만, 총싸움 솜씨만큼은 예술에 가까워요. 그는 농촌에서 허수아비를 상대로 혼자 총싸움을 하면서 놀았는데, 그때 스스로 만든 게 바로 건캐어크로우(Guncarecrow)라는 일종의 무술이죠."

피식 웃음이 나는 것을 참고 태웅은 고개를 끄덕였다.

'총(Gun)과 허수아비(Scarecrow)의 합성어인가?'

딱히 자세한 부연 설명 없이 쿠만은 말을 이었다.

"그리고 삼총사가 구사하는 기술은 일종의 총검술입니다. 단, 좀 더 격식 있고 각이 잡혀 있죠. 리슐리외의 부하이자 군관 출신인 강적 로슈포르는 이 총검술에 자신만의 노하우를 섞어서 약간 더 변칙적이고요. 음, 일단 직접 보면 이해가 빠를 겁니다."

일사천리로 설명을 끝낸 쿠만은 양손의 총을 현란하게 움직이더니 번개같이 몸을 놀렸다.

"이게 바로 달타냥의 건캐어크로우."

마치 술 취한 사람처럼 허우적거리면서도 특유의 리듬이 느껴지는 움직임이었다.

다른 사람이 하면 우스꽝스러워 보일 수도 있는 동작이었지만, 쿠만이 구사하자 스타일리시한 액션 그 자체였다.

"이건 삼총사의 정규군 총검술."

멈추지 않고 곧바로 그는 새로운 패턴의 무술을 구사했다.

각이 잡힌 절도 있는 동작.

하나하나에 힘이 실려 있으면서 군더더기 없는 실전 위주의 무술.

삼총사의 총검술에서는 위엄과 힘, 그리고 격식이 느껴졌다.

"이제 마지막으로 로슈포르의 변칙 총검술."

앞서 구사한 동작에서 좀 더 동선이 크고 화려하게 바뀐 로슈포르의 무술은 보는 사람의 시선을 잡아 끄는 독특한 매력이 있었다.

그가 모든 동작을 구사하자 우레와 같은 박수가 터졌다.

"브라보! 정말 멋집니다!"

"이건 예술이에요, 예술! 역시 총기 액션의 달인답네요!"

현장에 나와 있던 아라미스 역의 베니아 라조프와 콘스탄틴 역의 아리아 데니스가 휘파람까지 불며 환호했다.

태웅 역시 동감이다.

'허명이 아니었어. 이 친구와 작업을 못 해본 게 한이었는데 잘됐다.'

쿠만 레이놀즈의 총기 액션 신은 듣던 대로 명불허전이었다.

"어때, 태웅? 따라 할 수 있겠어요?"

숨을 헐떡이고 땀을 닦으면서도 쿠만의 눈은 호기심과 기대, 그리고 약간의 불안으로 빛났다.

주인공 태웅의 운동신경에 따라 앞날이 꽃길이거나 가시밭길이기 때문일 것이다.

"물론이죠. 전 한두 번 보면 대부분 따라 할 수 있어요."

"정말?"

반신반의하던 쿠만은 태웅이 자신에게서 모형 권총을 받아 들고 훈련장 한복판으로 나서자 입을 쩍 벌렸다.

설마 바로 직접 해보겠다고 나설 줄이야.

설령 운동신경이 다소 떨어지거나 동작을 쉽게 외우지 못하더라도 헌신적으로 가르쳐주겠다는 마음을 먹을 정도로 감동적이었다.

하지만 그는 이내 입을 더욱 크게 벌릴 수밖에 없었다.

'뭐야? 어떻게 달랑 한 번 봤는데 저 정도로 따라 할 수 있는 거지?'

태웅은 능수능란하게 권총을 다루며 건캐어크로우의 동작을 구사하고 있었다.

순서라든지 디테일한 동작까지는 완벽하게 따라 하지 못했지만, 거의 대부분을 재현하는 데 성공했다.

'대박! 어떻게 저럴 수가 있지?'

쿠만을 비롯한 모든 사람들이 태웅의 움직임을 보며 감탄을 금치 못했다.

아주 뛰어난 댄서라고 해도 저 정도 눈썰미는 없을 것이다.

순식간에 자신의 파트인 건캐어크로우를 구사한 태웅이었지만 숨 한 번 헐떡이지 않았다.

"다시 한번 볼 수 있을까요? 아직 완벽하게 숙지를 못했는데."

태웅의 말에 쿠만은 넋 나간 듯 고개를 끄덕였다.

"무, 물론이죠. 이번엔 조금 천천히 해볼게요."

그가 다시 달타냥의 동작을 반복했고, 태웅은 곧장 그것을 따라 했다.

똑같은 과정을 두어 번 거친 후 놀랍게도 태웅은 건캐어크로우의 동작을 완벽하게 카피할 수 있었다.

짝짝짝짝!

다시 사람들 사이에서 박수가 터졌다.

"예술이네요! 괜히 주인공이 아니야! 멋져요, 태웅!"

베니아 라조프가 술 취한 듯한 목소리로 휘파람을 불며 소리쳤다.

오늘도 어째 제정신이 아닌 것 같았지만 태웅은 손을 흔들어 답례했다.

'그런데 쟤는 왜 저렇게 보는 거야?'

여주인공 콘스탄틴 역의 아리아가 자신에게 묘한 눈길을 보내고 있다.

살짝 부담스러워서 시선을 피한 태웅은 쿠만의 뒤쪽에 있는 조금 더 큰 모형 총을 보고 말했다.

"그 뒤의 것으로도 해볼 수 있을까요? 권총만 쓰는 건 아닐 것 같은데."

"어떻게 아셨어요? 실은 좀 더 큰 사이즈의 총을 쓰는 신도 있어요. 하지만 한 손에 하나씩 무거운 총을 들고 있기가 힘들어서……."

하지만 태웅은 성큼성큼 총기 진열대로 걸어가 그 말이 무색하게 한 손에 하나씩 큼직한 소총을 들었다.

"우와! 저 무거운 걸 한 손에 한 개씩 들잖아?"

베니아가 다시 호들갑을 떨었다.

그뿐만 아니라 현장에 있는 다른 스턴트맨들까지 모두 감탄했다.

거구에 근육질인 그들이 보기에도 태웅의 장사 같은 힘은 예사롭지 않았다.

모형 총은 말이 모형이지 모양이나 크기, 무게는 실물과 똑같았기 때문이다.

태웅은 모두가 보는 가운데 건캐어크로우를 똑같이 재현해 보였다.

이번에는 바로 전보다도 동작이 더욱 정확했다.

한바탕 폭풍우가 지나가고 나자 미친 지구력을 가진 태웅의 이마에도 땀 한 방울이 살짝 배어났다.

잠깐의 정적이 흐른 후, 그 여느 때보다 크나큰 환호가 액션 스쿨 안에 울려 퍼졌다.

"조금이나마 의심해서 미안합니다, 태웅 씨. 베테랑 스턴트맨 중에서도 이 정도로 완벽하게 소화하는 사람은 없을 거예요!"

쿠만과 다른 스턴트 코디네이터들까지 다가와 태웅의 어깨를 두드렸다.

베니아는 마치 동물원에 처음 온 어린아이처럼 괴성을 지르며 태웅의 목을 끌어안으려 했다.

이 와중에 구석에서 날카로운 눈빛을 번뜩이고 있는 한 거한이 있었다.

카윈 존슨.

대본 리딩 날 태웅과 갈등을 빚은 이후 액션 스쿨에서 그를 마주치게 된 이 전직 프로레슬러는 호시탐탐 분쟁을 일으킬 기회를 노리고 있는 중이었다.

태웅이 제아무리 망나니 친구 라울러 홈즈를 두들겨 패고 타고난 운동신경을 가지고 있다고 해도 단번에 때려눕힐 자신이 있었다.

하지만 지금 태웅의 활약을 보고 난 그는 가슴속에서 은근한 두려움이 피어오르는 것을 느꼈다.

'저게 가능한 일인가?'

적당히 손을 봐주려 했는데 아무래도 섣불리 행동해서는 안 될 것 같았다.

'그래, 어차피 저 녀석이 주인공이니 영화를 다 찍을 때까진 까불게 놔두자. 그다음에 손을 봐줘도 늦진 않을 테니까.'

누군가 자신을 노리고 있다는 걸 아는지 모르는지 태웅은 주위의 선망 어린 시선을 마냥 즐기고 있었다.

"그런데 정말 멋진 무술이네요! 이걸 제대로 구사하면 게임

끝이겠어요!"

"당연하죠. 내가 밤새워 구상하고 또 기획한 무술인데. 감히 건카타를 능가하는 총기 액션 신이 나올 거라고 자신해요. 하하하!"

쿠만의 호언장담은 허세가 아니었다.

현존하는 할리우드 최고의 액션 신 장인!

태웅을 만난 그의 아이디어는 끊임없이 샘솟고 있었다.

이제는 실현 불가능하던 꿈을 대신 이뤄줄 행운의 신이 자신 앞에 나타났기 때문이다.

태웅의 뒤를 따라 삼총사 역할을 맡은 베니아 라조프와 카윈 존슨이 나란히 총검술을 연습했다.

이들의 습득력도 빠른 편이었지만 태웅에 비할 바는 못 되었다.

그들의 연습 장면을 느긋하게 지켜보며 '삼총사: 더 웨스턴'의 주인공은 늘어지게 하품을 했다.

'열심히들 하고 있구만. 그런데 엄청 심심하네.'

그의 눈동자가 연습하고 있는 배우들의 동작을 따라갔다.

'다른 것도 한번 익혀볼까?'

*   *   *

쿠만 레이놀즈의 액션 스쿨 안에서는 연일 탄성이 울려 퍼졌다.

며칠 만에 영화에 나오는 모든 총기 액션을 마스터해 버린 태웅의 활약 때문이었다.

리볼버, 윈체스터, 저격용 라이플까지 능수능란하게 사용하는 태웅을 보며 액션 감독인 쿠만은 눈을 의심할 지경이었다.

'어떻게 저럴 수가 있지? 아무리 스턴트맨이라지만… 저 친구는 천재야!'

태웅의 말도 안 되는 활약을 본 그는 이전에 태웅이 출연한 액션 영화를 인터넷에서 찾아보았다.

'우상'에서의 에스컬레이터 액션 신을 보고 한국 영화의 액션 수준에 감탄을 금치 못했는데, 촬영 뒷이야기를 담은 감독판 스페셜 영상을 보곤 더욱 놀랄 수밖에 없었다.

그 환상적인 신을 스토리보드부터 기획한 것이 바로 태웅이라니!

쿠만을 놀라게 한 경이적인 배우는 오늘도 총을 양손으로 가지고 놀듯 돌리며 건캐어크로우를 연습했다.

"정말 대단한 친구야. 믿기지 않을 정도로."

악역 로슈포르 역의 헤비츠가 태웅이 연습하는 모습을 보며 쿠만에게 다가와 말했다.

"그 말 그대로야. 환상적이네."

두 사람은 오랜 친구이자 동료로 서로 눈빛만 봐도 합을 맞출 수 있는 파트너였다.

헤비츠는 태웅을 손가락으로 가리키며 흥분한 기색을 감추지 못했다.

"저 친구와 내가 붙는 신이 기대돼. 특히 마지막 총싸움 신 말이야."

"초안은 이미 다 짜놨어. 다듬는 건 다 같이 해야겠지?"

영화에서 헤비츠와 태웅은 총 세 번 부딪친다.

맨 처음 삼총사를 습격하는 도적단을 상대로 싸우던 달타냥이 로슈포르를 도적 일당으로 오해하여 벌어지는 일전.

그리고 두 번째는 여주인공 콘스탄틴을 사이에 두고 대립하면서 티격태격하는 장면.

마지막은 영화의 흑막인 리슐리외를 체포하려는 달타냥과 리슐리외를 경호하는 로슈포르가 단둘이 최후의 대결을 펼치는 시퀀스였다.

"어쩌면 자네보다 더 잘할 수도 있겠는데? 하하하!"

쿠만의 말에 헤비츠는 어깨를 으쓱했다.

"그럴 수도 있지. 하지만 쉽게 최고의 총잡이 자리를 넘겨주진 않을 거야."

그는 이미 현대 배경의 서부극 '카라마조프의 킬러'에서 전설적인 총잡이 역할을 한 적이 있었다.

이미 쿠만이 더 가르칠 필요도 없을 만큼 완벽한 총기 액션을 구사할 줄 아는 배우였다.

삼총사가 기본으로 구사하는 총검술에도 이미 그의 아이디어가 꽤 많이 들어갔다.

"저 친구랑 합 한번 맞춰보고 싶은데⋯⋯."

"선약이 있어."

"선약?"

헤비츠의 의문은 곧 풀렸다.

카윈 존슨이 양손에 모형 돌격 소총을 들고 태웅에게로 다가서고 있었다.

"리허설을 좀 할 거야. 삼총사와 달타냥의 첫 만남이지."

*   *   *

극 중 보안관이 되고 싶어 상경한 달타냥은 술집에서 본 삼총사를 악당으로 오해한다.

그리고 그들을 소탕하기 위해 결투를 제안하고, 첫눈에 보기에도 영락없는 촌뜨기가 자신들을 도발하자 어이없어하는 삼총사.

아라미스와 포르토스, 아토스가 차례로 달타냥과 대결하지만 승부를 가리지 못하는 가운데, 마을을 습격한 도적단이 나타나자 네 사람은 졸지에 한편이 되어 힘을 합쳐 싸운다.

초반 중요한 신으로 달타냥과 삼총사가 처음 만나 싸우다가 동료가 되는 과정이 드라마틱하게 이어진다.

이 시퀀스에서는 무엇보다 네 배우의 합이 중요했다.

무엇보다 달타냥 역을 맡은 태웅은 다른 배우들과 모두 일대일로 결투를 벌이는 만큼 등장인물 중 가장 많은 액션 신을 소화해야 했다.

"체력 관리를 잘하셔야 합니다. 조금 무리가 아닌가 여겨지기도 합니다만……."

"괜찮아."

"감독한테 말해볼까요? 아니면 스턴트 코디네이터에게 당부해서……."

"괜찮다니까."

태웅은 고개를 저었다.

미친 지구력을 가진 그는 체력이라면 자신이 있었다.

다만 아무래도 자신을 꼬나보는 카윈의 눈빛이 예사롭지 않았다.

'이거 한 번은 힘을 써야 하나?'

무명 미식축구 선수이던 라울러 홈즈와는 달리 이번에는 제법 유명한 프로레슬러 스타 카윈을 상대해야 한다.

총싸움 신을 연습하는 것이기에 딱히 별일은 일어나지 않겠지만 방심은 금물이었다.

모형 총이라도 꽤나 딱딱하고 무거운 것이 자칫 잘못 다루면 크게 다칠 수도 있었다.

"태웅, 오늘 잘 부탁해. 나, 너하고 합 맞추는 거 엄청 기대하고 있어."

베니아 라조프가 또다시 다가와 말을 걸었다.

요즘 귀찮을 정도로 친한 척을 하고 있었다.

첫인상과는 달리 꽤나 붙임성 있고 서글서글한 배우였다.

조금 또라이 같긴 하지만 최근 할리우드에서 가장 핫한 스타였다.

태웅과는 나이대도 비슷하고 성격도 잘 맞았다.

아토스 역의 숀 그라함은 베니아처럼 노골적으로 접근하진 않았지만, 역시 태웅에게 호감을 가지고 있는 것 같았다.

신경 쓰이는 것은 바로 포르토스 역할의 카윈 존슨인데, 눈빛이 예사롭지 않은 것이 아무래도 오늘 총으로 뒤통수를 후려갈기기라도 할 작정인가 보다.

'넌 핵심 체크다. 오늘 이상한 짓만 했담 봐라. 아주 제대로 버릇을 고쳐주겠어.'

첫 상대로 나선 아라미스 역의 베니아가 윈체스터를 들고 액션 스쿨 한복판에서 태웅과 마주 섰다.

리볼버와 더불어 서부 시대에 수많은 총잡이들이 이용한 총 윈체스터는 극 중 삼총사의 주 무기였다.

그들이 사용하는 총검술은 상대방을 죽이지 않고 제압하거나 근접전에 들어갔을 때 유효한 기술이었다.

원래 이 시대의 군인들이 총검술을 썼는지는 모르겠지만, 현대 감각에 맞춘 스타일리시한 동작이 무척이나 멋있었다.

삼총사 중에서 가장 습득이 빠른 베니아였기에 제대로 리허설을 해볼 수 있을 것 같았다.

쿠만의 지도하에 대강의 합을 맞춘 후 연습이 시작되었다.

양손에 리볼버를 들고 시작 신호를 기다리던 태웅은 갑자기 뭔가가 날아드는 것을 보고 화들짝 놀라 고개를 숙였다.

부웅!

아슬아슬하게 그의 머리 위를 가른 윈체스터가 다시 베니아의 품으로 돌아갔다.

"베니, 신호도 없이 바로 그렇게 휘두르면 어떻게 해?"

쿠만의 핀잔에 베니아는 멋쩍은 듯 뒤통수를 긁었다.

"이런, 바로 실전처럼 시작하는 줄 알았어요. 미안해요."

태웅은 황당했다.

저렇게 진짜 때릴 기세로 휘두를 줄은 몰랐다.

"어이, 베니. 나 칠 셈이야?"

"실전같이 하는 게 좋지 않나 했는데 내 생각이 짧았나 봐. 미안해."

짧아도 심하게 짧았다.

자칫하면 이마가 나갈 뻔했으니까 말이다.

"자, 진짜로 갑니다. 하나, 둘, 셋!"

베니아는 윈체스터를 횡으로 휘두르고 내지르는 동작을 했다.

눈썰미가 있어서인지 쿠만이 가르친 거의 그대로 완벽하게 재현해 내는 모습이 감탄스러웠다.

아라미스의 액션은 부드러움과 화려함에 중점에 두기 때문에 몸 선이 가늘고 고운 베니아가 하는 게 적격이었다.

자신의 힘을 이용하기보다는 적의 힘을 이용하는 특유의 액션이 볼만했다.

"헉헉! 어때? 나도 꽤 잘하지?"

"응, 멋졌어. 거의 나무랄 데가 없는데?"

입에 발린 말이 아니라 진심이었다.

재능이 있는 베니아는 태웅 다음으로 빠른 습득을 자랑했다.

동작도 금방 익힐뿐더러 별다른 설명을 하지 않아도 핵심을 파악하는 능력이 있어서 같이 일하기 편했다.

쿠만도 역시 두 사람을 칭찬했다.

"베니아도 멋지지만 태웅도 기가 막히게 받아줬어. 두 사람의 대결은 이 정도로 끝내고 다음으로 갑시다."

'이때를 기다렸다!'

앞으로 나서는 거한을 보고 태웅은 자기도 모르게 눈살을 찌푸렸다.

포르토스 역할의 카윈 존슨이 눈을 부라리며 자신 앞에 서 있었다.

그를 보고 불편해하는 것은 태웅만이 아니었다.

"어이, 카윈."

"왜?"

되묻는 카윈에게 쿠만은 단호하게 당부했다.

"명심해야 해. 내 액션 스쿨에서 사고는 안 돼. 첫째, 둘째, 셋째도 마인드 컨트롤. 알았지?"

"걱정 마."

딱 봐도 얼굴에서 살기가 느껴지는데 걱정하지 말라니?

하지만 태웅은 그 모습에 겁이 나기는커녕 도리어 비웃었다.

'네가 뭔 짓을 할지 모르겠지만 놀아주지.'

포르토스의 총검술은 아라미스와는 달리 투박하고 거칠며 파괴적이다.

기술보다는 힘이 앞서는 유형으로 액션 동작도 크고 위협적이다.

예상대로 시작 사인이 나자마자 카윈은 개량한 윈체스터를 들고 태웅을 향해 과격하게 휘둘렀다.

'내 이럴 줄 알았다.'

태웅은 그의 움직임에 완벽하게 대응하여 전혀 피해를 입지 않았다.

유연하게 받아넘기며 간간이 반격을 하기도 했다.

카윈은 틈을 보아 몇 번 공격을 맞추려고 했으나, 그때마다 태웅이 뒤로 훌쩍 뛰어 피했다.

"합을 좀 지켜줬으면 좋겠는데 이거 너무 엉망이잖아?"

태웅의 빈정거림에 카윈은 화가 치솟았다.

하지만 보는 눈이 많은 데다 이미 쿠만이 엄포를 놓은 상황이다 보니 무리해서 태웅을 공격할 수도 없었다.

"거기까지! 아무래도 카윈은 연습을 좀 더 해야겠어. 지금 같아서는 너무 위험해. 그러다 다친다고."

쿠만이 직접 나서서 둘을 떼어놓았다.

그는 카윈의 동작이 다분히 위험한 의도를 숨기고 있다는 사실을 어렴풋이 눈치챘다.

하지만 아직 반신반의하고 있었기에 일단 경고를 주는 선에서 마무리했다.

삼총사의 대장 격인 아토스는 가장 빈틈없고 절제된 총검술을 구사했는데, 이 역시 태웅은 훌륭하게 받아주면서 틈을 보아 공세를 펼쳤다.

아토스 역의 숀 그라함 역시 깔끔한 액션 연기를 펼치며 사람들의 박수갈채를 받았다.

차례를 기다리던 헤비츠는 다른 스케줄 관계로 태웅과 합을 맞추지 못했는데, 이에 대해 대단히 아쉬워했다.

"역시 선수들이라서 딱히 크게 지적할 부분이 없네. 다들 잘했어요. 현장에서도 실수 없이 해봅시다."

쿠만은 총기 액션 연기를 능숙하게 펼친 배우들을 격려했다.

"특히 태웅은 나무랄 데가 없네요. 제가 없을 때는 태웅에게 궁금한 점을 물어보고 지도를 받도록 하세요."

배우의 액션 연기에 대해 이렇게까지 신뢰를 보내는 것은 드문 일이었다.

하지만 요 며칠간 그의 모습은 충분히 그럴 만했다.

액션 스쿨에서의 일정이 마무리된 후 제작사로부터 확정된 촬영 스케줄이 도착했다.

시작은 보름 후.

총 10개월의 촬영 기간.

세트는 건물 몇 개를 짓는 것이 아니라 아예 거대한 마을 하나를 통째로 지었다.

태웅은 칼리드와 함께 미리 세트장을 방문해 보았다.

황량하고 쓸쓸한 분위기가 물씬 풍기는 옛 서부의 마을 같은 풍경이었다.

권력자 리슐리외, 그리고 그와 손을 잡은 도적단과 마피아들이 득실거리는 곳.

'배트맨'의 고담시 같은 공간을 완벽하게 구현해 놓은 느낌이었다.

"이거 짓느라 꽤 고생했겠는데요?"

"고생은 무슨, 로케이션 매니저가 능력 있는 친구라 그리 어렵진 않았어. 이제 잘 찍을 일만 남은 거지."

촬영 시작일이 다가올수록 칼리드 역시 은근히 긴장하는 것 같았다.

어떻게 보면 태웅을 믿고 무모한 한 수를 둔 그였기에 제작자로서 영화의 성패에 대해 그 누구보다 민감할 수밖에 없을 것이다.

"날 믿어봐요. 다 잘될 테니까. 21세기 최고의 서부극이 나올 거예요."

호언장담하는 태웅의 말에 그는 이상하게 안도가 되었다.

이제 할리우드 데뷔작을 찍는 신인임에도 불구하고 그에게 자꾸만 의지하게 되는 것 같았다.

*   *   *

사람 하나 살 것 같지 않던 세트장의 풍경이었지만 촬영이 시작되자 그럭저럭 생기가 돌았다.

시대에 맞는 복장의 배우들의 모습에서는 촬영 전과는 다르게 배우다운 아우라가 느껴졌다.

'역시 프로들이구나.'

모든 스태프가 촬영 준비를 끝내고 대기하고 있는데도 전날 진탕 술을 퍼마시고 늦은 시간에 미적미적 기어 나오던 감독들이 비일비재하던 한국의 영화계와는 많이 달랐다.

촬영 시작과 끝이 공무원 출퇴근 시간처럼 정확해서 시간 약속을 지키는 것은 매우 중요했다.

지난번 대본 리딩 날 지각한 베니아가 엄청난 눈총 세례를 받은 것은 지극히 당연한 일이다.

도리어 그 정도면 양호하달까.

'그런데… 저 정도면 차라리 푹 쉬고 나오는 게 낫겠어. 지각 좀 하더라도 말이야.'

지난번 봤을 때보다 더욱 얼굴이 핼쑥해져 이제는 거의 좀비에 가까운 몰골이 된 벤 하프만 감독이었다.

"드라큘라에게 매일 밤 피라도 빨리는 모양이네. 저래가지고 촬영 끝날 때까지 살아 있기나 할까?"

숀 그라함 역시 감독을 보고 걱정스러운 듯 말했다.

"그러게요. 좋은 한약이라도 좀 먹이고 싶네요."

"한약? 그게 뭐야?"

"한국식 영양제 같은 겁니다. 효과가 아주 만점이죠."

"그래? 그럼 나도 한번 먹어볼까. 요즘 기력이 예전 같지 않은데."

"그래도 상관없지만 맛이 엄청 써요."

"으윽! 그렇다면 좀 곤란하겠어. 난 쓴 건 질색이야."

익살스럽게 미소 지으며 숀은 끊임없이 농담을 늘어놓았다.

슈퍼 히어로 무비의 카리스마 있는 영웅 '피스트맨'으로 유명한 그였지만 실제로는 실없는 우스갯소리를 잘하는 촬영장의 분위기 메이커였다.

영화의 오프닝은 달타냥이 아닌 삼총사가 장식했다.

서부의 황량한 사막을 가로지르는 마차가 있다.

무거운 드럼통을 실어서인지 속도가 별로 나지 않는 마차는 갑작스러운 도적들의 등장에 패닉에 빠진다.

말을 타고 쏜살같이 마차를 추격해 오는 도적들이 드럼통을 확인하고 환호한다.

마차의 기수가 이들을 떨쳐내려 하지만 도리어 총을 맞고 쓰러지고, 마차를 멈춰 세운 도적들이 안에 탄 상인들을 죽이려는 찰나,

모래바람과 자욱한 먼지를 뚫고 등장하는 삼총사의 모습.

그들은 마치 서커스를 연상케 하는 화려한 몸놀림으로 말을 탄 채 도적들을 격살한다.

숫자가 훨씬 많음에도 수세에 몰리자 도적들은 결국 도망가고 삼총사 중 하나인 아라미스가 드럼통에 총을 쏘자 구멍으로 흘러내리는 물 같은 액체.

바닥을 적시는 액체를 손으로 맛본 아토스가 묘한 표정을 짓는다.

알코올 냄새가 가득한 액체의 정체는 바로 술.

금주법으로 술의 제조와 유통이 금지된 시대.

이때의 술은 황금, 혹은 마약으로 여겨졌다.

"오늘 이걸로 술이나 한잔 어때?"

포르토스의 말에 아토스와 아라미스가 그를 째려보았다.

은근슬쩍 꼬리를 내리는 포르토스.

"밀주로군."

"어디로 들어갈지 모르지만 한번 뒤를 따를까?"

"볼 것도 없이 리슐리외겠지."

그들의 뒤로 자욱한 안개와 함께 도망친 도적들이 엄청난 수의 동료들을 이끌고 온다.

서로 시선을 교환한 후 총알처럼 도망가기 시작하는 삼총사.

언덕 위에서 말을 타고 앞서가는 삼총사와 그 뒤를 구름같이 쫓는 도적들을 본 달타냥이 고개를 젓는다.

"빌어먹을 도적놈들."

*   *   *

'여기서 삼총사에 대한 오해가 시작되지.'

첫 번째 촬영을 마친 태웅은 휴식을 취하면서 대본의 내용을 떠올렸다.

실은 도망치는 광경인데, 삼총사가 도적들을 인솔하고 달려가는 것으로 오해한 것이다.

이때의 오해가 나중에 그들과 마주쳤을 때 달타냥이 결투를 신청하는 계기가 된다.

"휴, 뙤약볕에 이렇게 더운 옷을 입고 말 타고 달리려니 아주 죽을 맛이네."

"그러게요. 하필 여름에 찍는 바람에 매일 땀으로 샤워하게 생겼어요."

숀과 베니아가 투덜거리며 이온 음료를 목구멍에 쏟아붓듯이 마셨다.

"내가 탄 말은 아주 죽으려고 하는데. 이거 미안해서……"

카윈의 엄청난 덩치를 감당해야 하는 말은 벌써 기진맥진해 있었다.

셋은 처음 호흡을 맞춰보는 것이었음에도 능숙하게 합을 주고받았다.

전직 프로레슬러라서 형편없을 줄 알았는데 카윈의 연기도 꽤 자연스러웠다.

"오프닝은 아주 잘 뽑힌 것 같네. 다들 수고했어요."

오랜만에 생기 가득한 얼굴로 벤이 촬영된 화면을 들여다봤다.

오프닝 시퀀스는 영화의 얼굴이나 마찬가지.

어릴 때부터 수십 년간 꿈꿔온 영화의 첫 장면이 근사하게 나온 순간을 그는 평생 잊지 못할 것 같았다.

'영화에 모든 걸 걸었구만.'

어떻게 보면 안타깝기도 했지만 어떻게 보면 그나마 그렇게라도 몰두할 수 있는 뭔가가 있어 다행스럽기도 하다.

평생을 함께하려 한 아내가 다른 남자에 푹 빠지고 말았다는 사실을 받아들이기 위해서는 시간이 필요할 것이다.

"정말 멋지게 뽑혔어. 빌어먹을. 진짜 예술이라고. 이게 내 영화라니……."

'엥?'

벤은 모니터에 얼굴을 거의 박은 채 눈물을 흘리고 있었다.

훌쩍거리면서 어깨까지 들썩이는 그를 본 주변 스태프들이 수군거렸다.

"역시 집안에 문제가 있는 거지? 와이프가 바람이 났댔나?"

"이거 불안한데. 도중에 리타이어 하는 거 아냐?"

이윽고 감독의 통곡 소리가 촬영장에 울려 퍼졌다.

벤 하프만은 심각한 우울증에 걸린 것 같았다.

*　　　　*　　　　*

첫 촬영을 마친 후 태웅은 홀가분한 기분으로 자택으로 향했다.

감독인 벤의 상태가 걱정되긴 했지만, 그래도 어쨌든 장면은 멋지게 뽑혔다.

'원래 예술은 절망에서 시작하니까 뭐… 잘되겠지.'

새로 구입한 비버리 힐스의 집은 아직도 단장 중이었다.

워낙 크고 손볼 곳이 많아서였다.

차창 밖을 바라보던 그는 집 대문 앞에 서 있는 누군가를 보곤 눈이 휘둥그레졌다.

"고 매니저! 차 세워!"

"네?"

"차 당장 세우라고!"

고서윤이 어리둥절한 얼굴로 차를 세우자마자 태웅은 차에서 내렸다.

그는 대문 앞에 서 있는 한 남자를 보곤 등줄기에 전율이 일었다.

남자가 태웅을 보며 입가에 희미한 미소를 띤 채 인사했다.

"안녕하세요. 저는 엘리온 보나파르트라고 합니다."

알고 있다.

그를 본 순간부터 이미 온몸이 반응하고 있었다.

직접 본 그는 스크린에서보다는 평범해 보였지만, 여전히 사람을 빨아들일 듯한 눈빛을 가지고 있었다.

미남이지만 전형적이라고는 할 수 없는, 날카롭고 기이한 분위기를 품고 있었다.

"당신이 여기 무슨 일이지?"

"저를 아시나 보군요. 물론 아시겠지요. 에이전시에도 찾아오셨으니까."

그는 태웅의 질문에 대답하지 않고 천천히 고개를 들었다.

이상할 정도로 창백한 얼굴과 기계음 같은 목소리.

그리고 자세히 뜯어보면 섬뜩함이 느껴지는 이목구비까지.

태웅은 차분함을 유지하려 애썼다.

이렇게 갑작스럽게 그를 만나리라고는 상상하지 못했지만, 만나면 꼭 하고 싶은 말이 있었다.

"엘런은 어디 있습니까?"

"엘런… 제 매니저 말씀이시군요. 저희 회사 대표님이기도 하고."

"그래요. 당신 매니저 말입니다."

"그를 왜 찾으시죠?"

당연한 질문이다.

그냥 유명한 사람이라서 만나고 싶다고 하기에는 영 핑계가 시원치 않았다.

그렇다고 해서 자신의 정체를 밝힐 수도 없었다.

"매니지먼트 실력이 뛰어나시더군요. 자선 재단을 운영하시기도 하고 해서 관심이 갔습니다. 다른 뜻은 없습니다."

그 말에 엘리온은 희미하게 웃었다.

"나중에 보실 수 있을 겁니다. 지금 해외 출장을 가셨거든요. 이런저런 사업을 구상하고 계십니다."

"그런데 무슨 일로 왔습니까? 내 집은 어떻게 알았죠?"

"여긴 제 집과 지척이니까요. 그리고 비버리 힐스에서 누군가 새로 들어오면 모를 수가 없습니다. 워낙 떠들썩해지니까요."

그는 잠시 뜸을 들인 후 말을 이었다.

"새 이웃에게 인사하러 왔습니다. 앞으로 잘 지내자는 뜻으로 말이죠."

'그럼 떡이라도 들고 올 것이지.'

태웅은 그의 말이 미심쩍었다.

서로 알지도 못하는 사인데 갑자기 이웃이라고 인사를 하러 오다니……

"반갑네요. 라이더 베스 복지 재단이 있는 기념관은 예전에 가본 적이 있습니다. 먼저 인사를 하러 갈 걸 그랬네요."

"이미 보고 가셨군요. 아마 제가 자리를 비웠을 때인가 봅니다."

"그때 엘런 씨와 함께 해외 출장 가셨다고 들었습니다."

"함께 간 건 맞습니다만 저는 스케줄 관계로 일찍 들어왔습니다. 대표님께서는 아직 여행 중이시구요."

그는 묘하게 말끝을 흐리며 태웅을 훑어보았다.

마치 뱀의 혓바닥이 피부를 쓸고 다니는 것 같아 기분이 좋지 않았다.

"여행을 꽤 오래하는군요. 무슨 세계적인 사업이라도 구상하고 있는 건가요?"

"라이더 베스 자선사업과 관련된 일입니다."

"세계적인 자선사업을 하려나 보군요?"

"많은 일을 하고 계시죠."

계속 애매모호한 말만 하는 것이 의뭉스럽기 그지없었다.

태웅은 그에게 뭔가를 더 캐내보려는 생각을 거두었다.

"출연하신 영화는 잘 봤습니다. 대단한 연기력이시더군요."

"감사합니다. 칸의 정점에 오르신 분에게 그런 얘기를 듣다니 영광입니다."

그의 말은 정중하고 부드러웠지만 이상하게 신경을 긁어댔다.

"마침 잘됐네요. 궁금한 게 있었는데."

그를 만난 이상 순순히 인사만 하고 헤어질 수는 없었다.

"물론 뜬소문이겠지만, 사생활 문제가 있다고 들었습니다. 벤 하프만 감독의 와이프와 부적절한 관계를 맺고 있다는 말, 사실입니까?"

태웅의 단도직입적인 말에도 그는 조금도 동요하지 않았다.

"부적절한 관계가 육체관계를 뜻하는 것이라면 맞습니다. 단, 맺고 있다는 말은 틀리군요. 전 이미 정리했거든요."

'정말 뻔뻔한 놈이군.'

너무나도 쉽게 인정해 버리는 그의 태도에 태웅은 어이가 없었다.

"그 행동 때문에 벤 감독은 지금 상태가 정상이 아닙니다."

"저로서는 어쩔 수 없는 문제군요. 전 이미 정리를 했고, 감정을 정리하지 못하고 주변을 힘들게 하고 있는 것은 벤 감독 와이프분이니까요. 제가 아니라 그분께 가서 말씀하시는 게 맞는 것 같습니다."

울컥한 태웅은 그에게 한 발짝 다가섰다.

"참 뻔뻔하시네. 뭐가 그렇게 당당하지?"

"당당하지 못할 것도 없죠. 여자들의 마음을 사로잡는 능력을 가진 것이 죄는 아니니까요. 당신도 그렇지 않나요, 태웅 씨?"

태웅은 말문이 막혀 버렸다.

엘리온은 도리어 한 걸음 다가와서 태웅의 얼굴을 보며 말했다.

"전 어떤 여자든 사로잡을 수 있습니다. 아니, 여자뿐이 아니죠. 남녀노소를 불문하고 미치게 만드는 능력, 그건 타고난 거더군요."

"그런가?"

"물론이죠. 당신 여동생도, 연인도 다 사로잡을 수 있습니다. 시험해 볼까요?"

"이 새끼가!"

마침내 참지 못한 태웅은 그의 멱살을 잡았다.

"형님!"

지켜보고만 있던 고서윤이 앞으로 나섰다.

그는 분노한 태웅을 엘리온에게서 간신히 떼어놓았다.

"충실한 매니저를 두셨군요."

"그 정도로 하시죠."

고서윤이 태웅의 앞을 막아서자 엘리온은 옷매무새를 바로

잡은 후 씨익 웃곤 몸을 돌려 걸어갔다.

"언제든 놀러 오세요, 태웅 씨. 당신에게는 언제든지 식사를 대접하도록 하죠."

그의 뒷모습을 보며 태웅은 한숨을 내쉬었다.

마음 같아서는 한 방 날려 버릴까 했지만, 만약 그랬다면 지는 기분이 들었을 것이다.

"정말 기분 나쁜 놈이야."

*   *   *

엘리온 보나파르트를 만난 후 태웅은 한동안 찜찜한 기분이 가시지 않았다.

생각할수록 기분 나쁜 놈이었다.

그것은 고서윤도 마찬가지인 듯했다.

"아주 더러운 오물 덩어리가 목구멍에 탁 걸려 있는 느낌이야. 그렇지 않아?"

태웅의 비유에 고서윤이 고개를 끄덕였다.

"이상하게 불쾌감을 주는 남자더군요. 비호감을 넘어서 매를 부르는 남자라고나 할까?"

말이 점잖은 고서윤이 이렇게 말한다는 것은 정말로 짜증 나는 인간이라는 뜻이다.

둘의 대화를 듣고 있던 태선이 궁금한 듯 물었다.

"도대체 그 인간이 누군데?"

"영화 못 봤어? 요즘 네 또래 사이에서 핫한 배우라고 하던데."

"그래봤자 김태웅보다는 아니겠지."

오랜만에 예쁜 말을 하는 동생이었다.

사실 할리우드에서 태웅처럼 화제의 주인공도 없긴 했다.

"어쨌든 너희들도 조심해. 혹시 그놈이랑 만나면 말도 섞지 말고 그냥 자리를 떠. 찾아오면 문전박대해. 느낌이 안 좋으니까. 알았지?"

"알겠습니다."

마치 더러운 병균이라도 되는 것처럼 태웅은 엘리온 보나파르트 주의보를 발동했다.

그가 한 말과 표정을 떠올리니 다시 기분이 더러워졌다.

"당신 여동생도, 연인도 다 사로잡을 수 있습니다. 시험해 볼까요?"

생각하면 할수록 기분 나쁜 말이 아닐 수 없었다.

자신에게 여동생이 있는 것은 어떻게 알았을까?

우연히 봤든 뒷조사를 했든 꺼림칙한 일이었다.

"한국에서 전화 왔습니다."

고서윤의 말에 태웅은 상념에게 깨어났다.

"누군데?"

"정 대표님입니다."

"지금 거긴 새벽 아니야?"

비버리 힐스 시각으로 오전 11시였으니 서울은 새벽 4시쯤 될 것이다.

태웅이 깨어 있는 시간에 통화하기 위해 새벽에 일어났거나 잠이 들지 않았다는 것이리라.

"이 시간에 무슨 일이야?"

—태웅이냐? 거긴 좀 어때?

"별거 없어. 너 근데 지금까지 잠 안 자고 뭐 해?"

—그건 신경 쓰지 마. 일찍 일어나고 좋지, 뭐.

"한국은 요즘 어때? 아직까지도 정리가 안 됐나?"

한국 최고의 재벌이 검사 살인 사건과 조직폭력배, 뺑소니 사건과 연관되는 바람에 국민의 원성이 높아지고 있었지만 수사는 큰 진척 없이 지지부진한 상태라는 것이 윤철의 말이었다.

사건의 배후로 지목된 삼원 그룹 회장 강부식은 살인 교사 혐의로 조사를 받고 있었으나 아직 칠상파 보스 공진수가 제대로 진술을 하지 않고 버티고 있어서 뚜렷한 혐의가 입증되지 않은 상태였다.

그나마 뺑소니를 저지른 삼원 건설 사장이자 강부식의 차남 강삼수는 증거와 증언이 확보되어 구속되었고, 재판에서도 유죄가 될 것이 유력하다고 했다.

─너 거기 나가 있기를 잘했다. 아직도 기자들 때문에 회사
가 정신이 없어. 나도 그런데 니가 여기 있었으면 어떻게 됐겠
냐?

"뭐 하루 종일 시달렸겠지. 그거 말고 별일 있겠어?"

태연한 척했지만 사실 한국에 남아서 고초를 겪고 있을 소
속사 식구들을 생각하니 은근히 마음이 불편했다.

─그걸 알면 나한테 잘해라. 나같이 선량하고 적극적으로
도움 주는 소속사 사장이 또 어딨냐?

"그래, 참으로 고맙다. 위험한 일은 없고?"

─딱히 문제는 없다. 최현서 씨가 우리 회사 쪽 경호에 신
경 써주고 있어서 말이야.

한국에서는 최수빈의 누나가, 미국에서는 최수빈의 심복이
던 고서윤이 단단한 방패가 되어주고 있었다.

최수빈은 죽어서까지 수호신 같은 역할을 해주고 있는 셈이
다.

그 생각이 들자 문득 그가 보고 싶었다.

─참, 강지나 씨 소식은 들었냐? ROD에서 물러나서 미국
간 거?

"미국에 왔다고?"

윤철의 말에 상념이 깨졌다.

태웅은 오랜만에 들은 그녀의 소식에 귀가 번쩍 뜨였다.

사실 이제 강지나와의 인연은 끝났다고 생각했다.

그런데 그녀가 미국으로 왔단 말인가?

—다른 데도 아니고 할리우드야. 아마 운 좋으면 지나가다가 볼 수도 있지 않을까?

"헐!"

그녀가 있는 곳이 바로 지척이라니.

"할리우드에는 왜 왔대? 설마 날 따라서?"

—그건 아닐 거야. 원래 가족이 그쪽에 있다니까. 그 여자 아버지가 삼원에서 내놓은 자식이었다잖아. 일찌감치 미국 건너가서 기획사를 했대. 그래서 강 대표도 미국에서 살았던 기고. 그런데 이 일 터지고 나서 한국에서 살기 싫어진 거지.

"그럼 다시 여기서 기획사를 한다는 거야?"

—소문으로는 ROD 가수랑 배우 몇 명 따라갔다더라. 딱히 좋은 대우도 못해준다고 했는데 그래도 좋다고 따라갔대. 여자가 얼마나 인망이 두터우면 그럴까?

태웅은 묘한 기분이 들었다.

가까운 곳에 있지만 먼저 찾아갈 수 없는 사이이다.

"알았어. 아무튼 몸조심해라."

—나보다 너나 걱정해. 여기야 한국이지만 거긴 총기 소지도 합법인 미국 아니냐? 칠상파나 삼원에서 킬러라도 보내는 거 아닌지 모르겠다.

"걱정도 팔자다. 너나 조심해."

통화를 마치고 태웅은 자신도 모르게 한숨을 내쉬었다.

강지나가 가까운 곳에 있다고 생각하니 왠지 더욱 보고 싶었다.

"찾아가실 겁니까?"

고서윤의 말에 그는 상념에서 깨어났다.

"뭐야? 들었어?"

"네, 본의 아니게 엿들은 게 됐네요. 죄송합니다."

"괜찮아. 그리고 찾아가진 않을 거야. 그럴 처지도 못 되고."

"형님은 정의로운 일을 하셨습니다. 떳떳하지 못할 이유가 없다고 생각합니다. 아무리 그분 가족의 일이라도 말이죠."

고서윤은 의미심장한 말을 남기곤 멋쩍은 듯 미소 지었다.

"주제넘었다면 죄송합니다."

"아니, 네 말도 일리가 있어."

하지만 태웅은 쉽사리 행동할 수가 없었다.

늘 시원시원하게 말하고 행동하던 그였으나 이번만큼은 달랐다.

결국 그는 조금 더 시간을 가진 후 그녀를 찾아가기로 마음을 정했다.

*　　　　*　　　　*

삼총사의 두 번째 촬영부터 태웅의 신이 본격적으로 많아졌다.

오늘 촬영하는 첫 신은 갓 서부로 온 촌뜨기 달타냥이 술집에서 벌어진 도박판에 끼어들었다가 사기를 당하고 분노하여 판을 뒤엎고 난장판을 피운다.

이때의 시비로 출동한 리슐리외 휘하의 두 총잡이 카워자크, 쥐사크와 대결하는 장면이었다.

"어때, 태웅? 컨디션 괜찮아?"

"물론이에요. 맡겨만 두세요."

벤은 태웅의 자신만만한 모습에 위안이 된 듯 미소를 지었다.

"제가 보증하는데, 액션 신은 정말 죽여주게 나올 거예요. 걱정 마세요."

액션 감독 쿠만이 옆에서 거들었다.

그는 이번 영화에서 듣도 보도 못한 자신만의 총기 액션 신을 연출할 수 있어서 의욕이 충만한 상태였다.

지금까지 참여한 작품 중 최고의 영화가 될 것이라는 자신감이 있었다.

그 자신감의 원천은 바로 이번 영화의 주인공이자 미친 액션감을 뽐내고 있는 배우 김태웅이었다.

'삼총사가 개봉되면 태웅은 슈퍼스타가 될 거야. 틀림없어.'

그에게는 확신이 있었다.

태웅은 모형 리볼버로 간단하게 몸을 풀었다.

오늘 따라 손가락에서 회전하는 리볼버의 느낌이 예사롭지 않았다.

'컨디션 좋은데?'

달타냥이 영화에서 처음으로 화끈한 액션을 펼치는 신이다.

그만큼 한눈에 관객들에게 강렬한 인상을 주어야 할 필요가 있었다.

"촬영 시작합니다!"

수많은 스태프들과 카메라를 보며 태웅은 호흡을 가다듬었다.

그는 이미 달타냥 역할에 완전히 몰입하고 있었다.

*   *   *

허름하지만 제법 넓은 다운타운의 한 술집.

방세와 밥값을 마련하기 위해 도박판에 끼어든 달타냥.

첫 판을 제외하고 연속으로 판돈을 잃자 달타냥은 뭔가 이상함을 느끼곤 중얼거린다.

"이건 말도 안 돼."

계속 돈을 따고 있는 한 남자를 유심히 지켜보던 중 그가 속임수를 쓰고 있는 것을 알아차린 달타냥은 이성을 잃고 판을 뒤엎어 버린다.

"이 자식이 무슨 짓이야?"

"사기꾼 새끼들! 감히 나한테 속임수를 써?"

"이런 남부 촌뜨기가 아주 억지를 쓰고 있구나. 여기가 어디라고 너 같은 애송이가 행패를 부려?"

"애송이? 그래, 애송이의 쓴맛을 보여주마!"

자신을 향해 덤벼드는 사기꾼들을 순식간에 때려눕혀 버리는 달타냥.

사기도박을 벌인 건달들이 지원군을 요청하고, 술집으로 달려온 싸늘한 인상의 두 총잡이가 달타냥을 발견하고 다가온다.

키가 큰 카위자크와 땅딸막하지만 다부진 체격의 쥐사크다.

리슐리외 휘하의 두 남자는 일종의 해결사 같은 역할을 하는데, 사기도박을 벌이고 이에 항의하는 사람들을 가차 없이 죽이는 것으로 악명이 높았다.

하지만 이런 사실을 알 리 없는 달타냥은 두 남자의 등장에 구경꾼들이 슬금슬금 뒷걸음질 치는데도 아랑곳하지 않았다.

"어이, 애송이. 여기가 어디인지 알고 까부는 거야?"

카위자크의 말에 달타냥이 코웃음 친다.

"여긴 술집이지. 사기도박이 벌어지는 더러운 장소이고. 왜? 너희들도 아까 그놈들이랑 한패냐?"

그의 말에 두 총잡이가 서로를 바라보며 웃음을 터뜨렸다.

"왜 웃냐? 내 말이 웃겨?"

달타냥이 으르렁거렸지만 그들은 여유가 넘쳐흘렀다.

"오늘 송장 하나 치우겠구만."

"간만에 재밌겠어. 적당히 가지고 놀다가 없애자고."

둘의 대화를 들은 달타냥이 성난 얼굴로 외쳤다.

"나는 독립 전쟁에서 활약한 위대한 샤를 가문의 외아들 달타냥이다! 누가 죽는지 한번 보자!"

허리춤에서 리볼버를 꺼낸 달타냥이 그대로 총을 쐈다.

그와 동시에 실실거리던 카위자크의 이마 한복판에 구멍이 뚫렸다.

신음조차 내지 못하고 눈을 부릅뜬 채 그는 땅바닥에 쓰러졌다.

잠시 믿을 수 없다는 듯 동료의 시체를 바라보던 쥐사크가 총을 꺼내 쐈지만, 달타냥은 어느새 탁자를 방패처럼 자신의 앞에 세우곤 몸을 숨겼다.

"이 쥐새끼 같은 놈! 감히 내 친구를 죽여?"

성난 쥐사크가 연달아 총을 쐈지만 탁자 때문에 달타냥에게는 아무런 피해도 입히지 못했다.

철컥철컥.

총알을 다 쓴 쥐사크가 재장전하는 사이, 탁자에서 빠져나온 달타냥이 연속으로 총을 쏘았다.

탕, 탕, 탕!

첫 발에 쥐샤크는 총을 놓쳤고, 두 번째는 벨트를 스쳐 바지가 내려갔다. 그리고 세 번째는 그의 카우보이모자에 적중했다.

파랗게 질린 쥐샤크의 바지춤이 축축해졌다.

그는 덜덜 떨며 사정했다.

"이, 이봐, 우리가 실수를 좀 한 것 같은데 사과하지. 그러니까……."

"실수? 사과?"

달타냥은 피식 웃더니 쥐샤크를 향해 총구를 겨눴다.

"지금 잘못하고 있는 거야. 날 쏘면 리슐리외 어르신이 가만있지 않을 거다."

"리슐리외? 도적단 두목이냐?"

"다운타운의 제왕이다. 그분에게 거역하면 아무도 살아남을 수 없어. 지금이라도 늦지 않았다. 날 그냥 놔준다면 리슐리외 님에게 선처를 부탁해 보마."

"선처 같은 소리 하고 있네."

타앙!

달타냥은 주저 없이 쥐샤크를 향해 총을 발사했다.

눈을 질끈 감은 쥐샤크는 그가 총을 자기 발 앞에 쏜 것을 보곤 다리가 풀려 주저앉고 말았다.

"가서 똑똑히 전해라. 난 조만간 최고의 보안관이 되어서 너희 같은 악당들 다 때려잡을 테니까 날 잡고 싶으면 와보라고. 셋 셀 때까지 꺼져."

그 말에 쥐샤크는 꽁지가 빠져라 도망쳤다.

"하나, 둘, 셋!"

숫자를 다 셌지만 총을 쏘지 않은 달타냥.

피식 웃으며 미친 듯이 달아나고 있는 쥐샤크의 뒷모습을 바라본다.

이 상황을 구경하던 나이 지긋한 카우보이가 다가와 충고했다.

"어이, 친구. 자네 큰 실수를 했어. 리슐리외의 부하들을 건드리다니⋯ 지금이라도 늦지 않았으니 어서 도망가게."

"그자가 그렇게 대단한가요?"

"그럼. 이 근방에서 리슐리외는 왕이야. 그에게 거역하면 누구도 여기에서 살 수 없어."

"아주 무법천지구만. 보안관은 폼으로 있나 보네요."

"보안관이고 나발이고 죄다 리슐리외에게 돈을 받아먹고 있는데 어쩌겠나? 자네가 아무리 대단한 실력을 가지고 있어도 떼로 덤벼들면 장사 없지."

하지만 달타냥은 오히려 재미있다는 듯 기대에 가득 찼다.

"떼로 덤벼든다⋯ 혼자 다 쓸어버리면 엄청 유명해지겠죠?"

"말도 안 되는 소리! 그건 불가능해!"

카우보이의 말에도 그는 아랑곳하지 않았다.

"보안관이 되고 싶습니다만, 어떻게 해야 할 수 있습니까?"

"그거야 주에서 임명을 받아야지. 마침 이 근방에 주에서 나온 보안관들이 있다고 하니 한번 찾아보게. 세 명이라고 들었어."

"세 명의 보안관이라……."

달타냥은 고개를 끄덕였다.

그들을 찾는다면 드디어 오랫동안 꿈꾸어 온 보안관이 될 수 있었다.

*   *   *

"컷! 아주 좋았어!"

벤의 오케이 사인에 태웅은 안도의 한숨을 내쉬었다.

꽤나 긴 촬영이었지만 성공적으로 끝마쳤다.

두 총잡이와의 액션 신은 전체적으로 볼 때 몸을 푸는 수준이었지만, 첫 단추를 꿰는 것이었기에 혼신의 힘을 다해 임했다.

"액션 신이 특히 아주 만족스럽네요. 태웅, 다음 신도 잘 부탁해요."

벤이 태웅의 어깨를 두드리며 격려했다.

고개를 끄덕이며 웃어 보였지만, 바로 다음 신을 촬영해야 하기에 제법 부담이 되었다.

다음 신은 바로 삼총사와의 첫 조우 장면이었다.

S# 6
삼총사: 더 웨스턴

　삼총사와 만나는 신은 이미 충분히 리허설을 했지만, 그럼에도 촬영장에는 긴장된 분위기가 감돌았다.

　무엇보다 영화에서 가장 임팩트 있는 신 중 하나이기에 더욱 그랬다.

　삼총사와 달타냥이라는 네 명의 총잡이가 동료가 되는 시퀀스였기에 연기의 합이 잘 맞아떨어져야 했다.

　'협조가 잘 되어야 할 텐데.'

　아토스 역의 숀 그라함이나 아라미스 역의 베니아 라조프와는 이미 농담 따먹기를 할 정도로 친해져 있었다.

　하지만 포르토스 역의 카윈 존슨과는 아직도 서로 말도 잘

섞지 않았다.

그 때문에 둘이 함께 찍어야 하는 신에서는 분위기가 언제나 살얼음판이었다.

둘 사이를 부드럽게 만드는 것은 감독이 할 몫이었으나, 벤은 지금 자기 발등에 불이 떨어진 상태였다.

"아직도 부인이랑 별거 중이랍니다. 부인은 집에 돌아오기는커녕 엘리온 보나파르트에게 일방적으로 구애 중이라니 감독도 속이 정상은 아닐 겁니다."

고서윤은 어떻게 알았는지 모르겠지만 할리우드의 가십에 대해 모르는 것이 없었다.

"여기에 기자 친구라도 심어뒀어? 어떻게 그렇게 잘 알아?"

"형님이 할리우드 배우가 되셨으니 저도 할리우드 매니저가 되어야 하지 않겠습니까?"

"좋은 자세야. 그나저나 사마리아인베스트먼트의 CEO님을 매니저로 두다니, 나도 참 거물이네. 하하하!"

최수빈의 사업체를 물려받은 고서윤은 글로벌 투자 기업의 대표가 되었음에도 태웅을 수행함에 있어 한 치의 소홀함도 없었다.

더군다나 이전에 비해 막강해진 권한으로 정보원들까지 자유자재로 부리며 태웅을 돕고 있었다.

"그런데 형님이 조사하라고 한 엘런이라는 사람은 공식 석상에 모습을 잘 드러내지 않는 것 같더군요."

"그래?"

"아직 직접 보진 못했지만 수집한 정보에 따르면 그렇다고 합니다."

"흐음……."

당장 찾을 일은 없었지만, 옛 친구에 대한 궁금증은 늘 그림자처럼 따라붙었다.

'기나긴 해외 출장에다가 공식 석상에도 잘 안 보인다… 정말 희한한 일이군.'

마치 자신을 피하는 듯한 느낌이 들었다.

물론 그럴 리는 없었다.

그가 태웅의 정체를 알 리 없으니까.

'아니면 신변에 문제라도 생긴 건가?'

한참 동안 생각하고 있는데 감독이 다음 신 촬영을 위해 배우들을 불러 모으는 것이 보였다.

태웅은 머리를 힘껏 흔들어 전 매니저에 대한 생각을 떨쳐낸 후 벤에게로 향했다.

"오늘 신의 중요성에 대해서는 다들 아실 거예요. 액션 합도 사전에 맞췄으니 그대로만 해줘요. 그리고 태웅, 오늘 건캐어 크로우 제대로 한번 보여줘요."

벤의 말에 배우와 스태프들의 시선이 일제히 태웅에게로 쏟아졌다.

총기 액션 신의 신기원을 이룰 주인공의 액션 연기에 기대가 높아지고 있었다.

중압감으로 짓눌릴 것 같은 상황에서도 그는 태연하기만 했다.

"물론입니다. 다들 잘 도와주세요."

첫 신을 촬영하고 나서도 몸이 날아갈 듯 가뿐했다.

지치지 않는 그의 왕성한 체력에 모두 은근히 감탄을 금치 못했다.

겉보기에는 호리호리한 귀공자 이미지라 사실 액션 배우라는 생각이 들지 않았다.

하지만 촬영에서는 전문가를 방불케 하는 액션 연기를 선보였다.

'지금껏 저런 친구가 있었던가?'

마블의 슈퍼 히어로 영화 시리즈에 출연한 손 그라함은 자신의 기억을 되짚어보았다.

아무리 생각해도 저런 엄청난 습득력과 창의력, 신체 능력을 보이는 배우는 흔치 않았다.

난다 긴다 하는 액션 연기의 달인들이 모인 이 영화에서도 돋보일 정도니까 말이다.

'나도 자존심이 있다. 질 수는 없지.'

어마어마한 출연료를 받는 배우로서, 또한 삼총사의 또 다른 주인공으로서 그는 은근히 태웅을 라이벌로 의식하기 시작했다.

사실 삼총사의 대장인 아토스는 달타냥 이상의 비중과 능력을 가진 실질적인 주인공급이었다.

원작에서도 진정한 주인공은 아토스와 리슐리외 추기경, 그리고 아토스의 옛 연인 밀라디라는 평이 많았다.

할리우드에서 가장 주가 높은 배우 중 하나인 숀 그라함이 아직 햇병아리인 동양 배우가 주인공인 영화에 출연한 것은 원작 삼총사에 대한 애정도 있었지만 아토스의 비중이 주인공에 비해 결코 떨어지지 않아서였다.

"한번 멋지게 맞춰보자고, 태웅."

"좋습니다. 다들 미리 맞춘 대로만 제대로 해준다면요."

태웅이 은근슬쩍 카윈에게 견제구를 던졌다.

하지만 그는 아무런 반응도 보이지 않았다.

카윈은 속으로는 언젠가 반드시 한 방 먹이겠다고 생각했지만, 겉으로는 아직 태웅에 대한 적의를 드러내지 않았다.

'날 노리는 건 관둔 건가?'

가장 처음 붙는 상대는 바로 아라미스 역을 맡은 베니아였다.

수다쟁이에 종잡을 수 없는 성격의 캐릭터 아라미스는 본래 성당 신부 출신이다.

교인 출신의 총잡이라는 사실은 배역에 독특한 개성을 부여해 주었다.

"태웅, 나 엄청 떨려. 너무 기대되어서 어젯밤도 한숨도 못

삼총사: 더 웨스턴 211

졌다고."

"연기 천재 베니아가 엄살이 심하네."

"천재는 너지. 칸 남우주연상을 고작 두 번째 영화로 수상하는 사람이 어딨어?"

베니아는 너스레를 떨며 싱글벙글 웃었다.

"한번 멋지게 해보자고. 너무 거칠게는 말고."

"내가 할 말이야. 지난번처럼 모형 총이라고 마구 휘두르면 안 돼."

카메라 앞에 선 태웅에게 감독의 큐 사인이 들렸다.

"쓰리, 투, 원, 레디 액션!"

*　　　*　　　*

오프닝에서 간신히 도적단의 추격을 피한 삼총사는 몸을 피해 쉴 곳을 찾는데, 마침 그때 달타냥과 마주친다.

오프닝에서의 일로 그들이 도적단의 수괴라고 생각한 달타냥은 삼총사에게 결투를 청하는데, 세 사람은 어이가 없어서 실소하고 만다.

딱 봐도 촌뜨기 애송이가 총사대에서 최고의 실력을 가졌다는 자신들에게 혈혈단신으로 덤벼든다는 게 우습기 그지없었다.

애송이의 목숨을 어여삐 여긴 그들은 대결을 피하려 하지만, 그들의 자존심을 대놓고 긁은 달타냥 때문에 결국 결투에 응하게 된다.

서부 시대 총잡이들 간의 결투에서는 대개 한쪽이 죽는 것으로 끝나기 일쑤였다.

하지만 나라의 녹을 먹는 처지로 딱 보기에도 애송이인 그를 함부로 죽일 수 없던 삼총사는 달타냥에게 다른 룰을 제의한다.

서로 다치는 일 없이 결투를 펼치자는 것이었다.

"그런 게 어딨어? 말도 안 되는 소리."

의문을 품는 달타냥에게 아토스가 차분히 설명했다.

"우리같이 극상의 수준에 다다른 사람들은 총구의 방향과 움직임, 장전 및 반응 속도만 봐도 서로의 실력을 가늠할 수 있다네. 굳이 죽거나 죽이지 않고 실력을 비교해 보자는 거지. 자네에게도 나쁠 건 없을 것 같은데?"

"도적들의 수괴치곤 인자하기 짝이 없군."

"도적? 수괴? 그게 무슨 소리야?"

"시치미를 떼는 건가? 어쨌든 좋다. 너희들이 원하는 방식대로 싸워주지."

기세등등하게 나오는 달타냥에게 어이가 없었지만, 삼총사는 그를 상대하기 위해 총을 뽑았다.

"한쪽이 항복을 인정한 시점에서 결투를 끝내도록 하지."

"내가 이기면 너희들은 얌전히 나쁜 짓을 그만두고 조직을 해체해라."

"나쁜 짓? 우리가 무슨 나쁜 짓을 했다는 거야?"

"지금껏 한 일이 그럼 좋은 일이라는 건가?"

"그렇다. 우리는 위대한 미합중국의 정의를 수호한다. 오명을 뒤집어쓸 일은 한 적이 없다."

"하, 정말 어처구니가 없네. 도둑이 물건을 훔쳐도, 사기꾼이 사기를 쳐도 할 말이 있다더니……."

"우리의 명예를 더럽히는 말은 삼가라. 아무리 세상 물정 모르는 어린애라도 봐주는 덴 한계가 있으니까."

"좋다, 내가 진다면 너희들이 내 목숨을 마음대로 해도 좋아. 날 평생 종으로 써도 아무 말 않겠다. 다만 너희들이 진다면 깨끗하게 해산하고 죗값을 치러. 알았어?"

달타냥이 삼총사를 도적단 수괴로 오해하고 있기에 벌어진 일이었다.

"종이라… 그거 마음에 드는데? 그렇잖아도 짐꾼이랑 심부름꾼이 필요했는데 말이야. 하하하!"

포르토스가 껄껄 웃었다.

달타냥은 삼총사의 자신만만함을 보면서도 여유가 있었다. 겉보기와 달리 그는 놀라운 실력자였다.

첫 번째로 마주 선 아라미스가 총을 꺼내 들고 그를 겨눴다.

"어린 친구, 당하고 나서 울지나 말게."

"내가 할 소리."

이윽고 서로 마주 본 두 총잡이의 결투가 시작되었다.

5미터 정도의 거리를 두고 선 두 사람이 순식간에 거리를 좁히며 팔을 뻗었다.

급소에 총이 겨눠질 때마다 피하거나 상대의 팔을 쳐내면서 위기를 피했다.

아라미스의 나비처럼 날렵한 몸놀림과 달타냥의 번개 같은 움직임이 부딪치면서 화려한 액션이 펼쳐졌다.

결국 우위에 선 것은 달타냥이었다.

허수아비와 상대하던 동작을 응용한 건캐어크로우의 변칙성에 아라미스의 손발이 어지러워졌고, 마침내 달타냥은 그의 관자놀이에 총구를 댔다.

"…내가 졌다."

아라미스의 패배에 삼총사는 놀라지 않을 수 없었다.

촌뜨기인 줄로만 알았던 저 더벅머리 청년이 이렇게 대단한 실력을 감추고 있었을 줄이야!

뒤이어 나선 포르토스가 다소 긴장한 얼굴로 달타냥의 앞에 섰다.

"제법이군. 어린애인 줄 알았는데 그래도 사춘기 소년 정도는 되는구나."

포르토스는 힘을 앞세운 타입이었다.

소총인 윈체스터를 각목처럼 휘두르는 바람에 고전하긴 했지만 달타냥은 그를 제압할 수 있었다.

　이제 마지막 남은 것은 삼총사의 대장 아토스와의 대결이었다.

*　　　*　　　*

　"컷! 좋았어. 이제 삼총사의 마지막 총잡이 아토스와의 대결입니다. 멋지게 마무리해 보죠."

　벤의 말에 태웅은 이마에 흐르는 땀을 닦았다.

　혼자 연달아 둘과 총기 액션 신을 찍다 보니 꽤나 힘들었다.

　게다가 포르토스 역의 카원과 찍을 때는 워낙 상대방의 체격이 크고 힘이 좋아 더욱 고전했다.

　그래도 별다른 문제가 일어나지 않은 것은 의외였다.

　서로 감정이 좋지 않아 액션 신에서 싸움이라도 날 줄 알았는데 무사히 촬영을 마친 것이다.

　"예전에 무슨 운동 같은 거 했어요? 마샬아츠라거나……."

　여주인공 콘스탄틴 역할의 아리아 데니스가 신기한 듯 그에게 다가와 물었다.

　상대 여배우지만 좀처럼 자신에게 접근하지 않던 그녀가 거의 처음으로 관심을 표현한 것이다.

　사실 그녀는 동양인인 태웅을 상대 배우로만 생각했을 뿐이성으로서의 관심은 전무하다시피 했다.

그런데 태웅의 액션 연기를 볼수록 그의 남성미에 점점 시선이 갔다.

호리호리하고 흰 피부라 그런 강한 연기는 잘 못할 줄 알았는데 의외였던 것이다.

그때부터 그의 전작을 찾아보게 되었고, '우상'과 '결심, 하다'에서 보여준 그의 강인함에 다시 한번 끌렸다.

'치명적 러브'에서의 멜로 연기 또한 여자의 마음을 움직이는 매력이 있었다.

"스턴트맨 출신이라 액션 연기는 익숙합니다."

"어머! 진짜? 그럼 이 정도는 우습겠네요?"

"우습지는 않아요. 액션 신은 언제나 긴장을 놓을 수 없으니까요."

태웅은 능숙한 영어로 그녀와 대화했다.

어깨까지 오는 웨이브 진 아리아의 금발과 작고 마른 몸에 어울리지 않는 큰 가슴과 골반은 남자들의 마음을 흔드는 치명적인 매력 포인트였다.

게다가 백치미가 있어 보이는 얼굴, 그와 상반되는 하버드 출신이라는 학력까지 더해져 그녀는 할리우드 최고의 신성으로 인기를 얻고 있었다.

그래서인지 그녀와 대화하는 태웅에게 남성들의 질시의 시선이 쏟아졌다.

카윈 존슨 역시 눈에서 불꽃이 튀었다.

그 또한 아리아에게 큰 관심을 가지고 있던 남자들 중 하나였다.

친구인 라울러 홈즈를 흠씬 두들겨 팬 것뿐만 아니라 마음에 둔 여자의 관심까지 빼앗는 태웅이 그는 점점 눈엣가시처럼 생각됐다.

하지만 당장 영화의 주인공인 그를 건드릴 수도 없어 이러지도 저러지도 못하고 있는 자신의 처지가 답답하기만 했다.

'그 녀석에게 연락해 볼까?'

그는 얼마 전 자신에게 메시지를 보낸 한 남자를 떠올렸다.

[태웅 김에 대해 이야기를 나누고 싶습니다. 그가 당신의 앞날에 방해가 된다면 도움을 드릴 수 있을 것 같네요. 언제든 연락 주세요.]

어떻게 알았는지 모르지만 그는 자신이 태웅에게 원한이 있다는 사실을 잘 알고 있었다.

'이젠 더 이상 못 참아. 태웅, 각오해라.'

*　　　　*　　　　*

아토스 역할의 숀 그라함은 관록이 엿보이는 노련한 액션 연기를 펼쳤다.

태웅과의 총싸움 신에서 그는 지금까지 쌓아온 내공을 마음껏 발휘하며 촬영장을 뜨겁게 만들었다.

상대역인 태웅도 독보적인 총기 액션을 펼치며 액션 감독 쿠만의 감탄을 자아냈다.

이제는 주문한 것 외에도 몇 가지 응용 동작까지 넣어서 한층 더 화려한 그림을 만들어냈다.

"벤, 저 친구 정말 물건이네요. 그렇지 않아요?"

"맞아. 그동안 숱한 영화 속 액션을 찍었지만 저런 친구는 없었어. 저렇게 곱상한 외모에 저런 남성미라니. 여성 팬들이 질질 쌀 거야. 내 장담하지."

거친 촬영으로 태웅의 머리는 헝클어지고 옷은 찢어지고 먼지투성이가 되었다.

하지만 아직 메이크업 아티스트의 도움을 받을 때는 아니었다.

몰려드는 도적들과의 싸움이 아직 남아 있었기 때문이다.

이번에는 달타냥과 삼총사 대 삼십 명이 넘는 도적들 간의 일전!

네 총잡이가 힘을 합치게 되는 신으로, 환상적인 콤비네이션이 돋보이는 액션 신이 될 것이다.

태웅의 상대로 열연을 펼친 숀 그라함 역시 가쁜 숨을 몰아쉬며 다음 신 촬영 준비를 했다.

"헤이, 이번에도 멋들어지게 해보자구."

그가 태웅에게 엄지손가락을 세워 보였다.

마블 슈퍼 히어로 영화에서도 겪어보지 못한 짜릿한 흥분을 느끼게 해준 상대 배우에게 건네는 최고의 찬사였다.

'역시 괜히 피스트맨이 아니었어.'

달타냥과 아토스의 대결은 영화 전체를 통틀어 단 한 번뿐이었다.

하지만 태웅은 왠지 그와 또 일대일로 대결하는 액션 신을 찍게 될 것 같은 강한 예감이 들었다.

물론 할리우드는 한국처럼 즉석에서 대본이 바뀌는 일이 많지 않은 곳이지만 말이다.

* * *

"내 생애 최고의 액션 신이었어!"

완벽 그 자체.

달타냥과 삼총사가 펼치는 도적단과의 액션 신은 영화 초중반을 압도하는 화려한 장면이었다.

이번에는 유감없이 도적들을 향해 총을 쏘았기 때문에 피가 낭자한 근사한 총기 액션 장면이 뽑혔다.

누구 하나 부족함이 없는 연기였다.

포르토스 역을 맡은 카윈의 연기가 다소 투박하긴 했지만,

힘을 위주로 하는 액션이 특징이다 보니 크게 어색하지는 않 았다.

교과서적인 철두철미함의 아토스, 부드럽고 유연한 아라미 스, 그리고 화려하고 빠른 달타냥의 액션이 잘 어우러져 역대 급 액션 신이 탄생했다.

더욱 기대되는 것은 이것이 끝이 아니라는 점이다.

후반부로 갈수록 호랑이 굴과 같은 서부 지역에서 달타냥 과 삼총사가 리슐리외의 세력을 상대로 벌이는 치열한 총싸 움이 펼쳐진다.

악랄한 총잡이 로슈포르가 이끄는 무법자들까지 등장하면 서 이들과의 대결 또한 환상적인 볼거리를 제공해 준다.

"수고했어, 태웅! 괜히 할리우드의 별이 아니구먼!"

벤은 태웅과 하이파이브를 했다.

요즘 피골이 상접해져서 앙상한 나뭇가지 같은 손이었지만 아직도 파이팅만은 넘치는 벤이었다.

다음은 여주인공인 콘스탄틴과의 만남이 이어지는데, 초반 의 액션 연기에서 벗어나 멜로가 가미된 연기도 펼쳐야 한다.

'이번에는 썸 같은 거 좀 없었으면 좋겠네.'

*   *   *

상대 여배우와 또 엮이는 일은 피하고 싶었다.

하지만 아리아가 자꾸 말을 걸기 시작하는 게 느낌이 불길했다.

서양 여자는 동양 남자를 이성으로 생각하지 않는다는 말은 적어도 자신에게 있어서는 틀린 말이었다.

혼혈이긴 했지만 지난 생에서도 얼마나 많은 여자들이 그에게 접근했던가.

"수고하셨습니다. 오늘 연기도 멋지시군요."

"고마워. 오랜만에 할리우드 복귀하니 꽤 힘드네."

"오랜만이요?"

'아차차!'

태웅은 말실수했다는 생각에 대충 얼버무렸다.

"아, 그냥 머릿속으로 매일 상상했거든. 할리우드 배우가 되는 거."

"드디어 꿈을 이루셨군요. 축하드립니다."

"축하까지야 뭘… 이제부터 시작이지."

태웅은 빙긋 웃었다.

그가 밴에 오른 후 고서윤이 시동을 걸며 말했다.

"촬영하시는 동안 엘리온 보나파르트에 대해 다시 한번 알아봤습니다."

"그새? 빠르기도 하다."

"뭔가 이상하긴 하더군요. 신비주의를 유지하고 있는데, 그의 과거에 대해 밝혀진 게 거의 없습니다. 이런저런 뜬소문만 가득하더군요. 소속사에서도 공식적인 입장을 딱히 내놓지 않아서 의혹을 증폭시키고 있고요."

"흐음……."

"그리고 벤 감독 부인의 거처도 방금 알아냈습니다. 할리우드 외곽에서 살고 있는데, 썩 좋은 상태는 아닌 모양입니다. 약물중독이 의심된다고도 하고요."

"약물중독? 그럼 목숨이 위험한 건가?"

그 말에 좋지 않은 기억이 떠오른 태웅이다.

자신 역시 전생에 약물 과다 복용으로 죽었기 때문이다.

"그건 모르겠습니다만 아무튼 건강하진 않을 겁니다. 벤 하프만 감독도 그 사실을 알고 있고요."

정말 가혹한 일이다.

왜 감독이 점점 피골이 상접해지고 눈이 퀭해져 가는지 알 것도 같았다.

"이 상태라면 벤도 망가지겠군. 문제없이 가기만 하면 최고의 영화가 될 텐데……."

태웅은 곰곰이 생각하다가 무릎을 쳤다.

"좋아, 벤의 부인에게 가보자."

"네?"

"이대로 그냥 놔둘 수는 없지. 만약 부인이 죽기라도 하면 벤도 맛이 갈 테니까. 그리고 무엇보다 그 엘리온이라는 놈, 너무 마음에 안 들어. 전형적인 사이코패스 같단 말이야. 그런 놈에게 당한 피해자이니 도움을 줘야지."

"정의 구현이군요. 그런 취지라면 저도 동감입니다."

"그래, 쇠뿔도 단김에 빼라 했으니 지금 바로 가보자."

"지, 지금이요?"

고서윤은 당황했지만 태웅이 고개를 끄덕이자 더 묻지도 따지지도 않고 차를 몰았다.

로스 펠리츠 북쪽에 위치한 낸시 스완슨의 집은 엘리온이 살고 있는 비버리 힐스보다는 벤 하프만 감독의 자택과 가까운 곳이었다.

그녀 역시 할리우드에서 꽤 유망하던 여배우였으나, 최근 몇 년간 작품 활동이 없었다.

벤과 결혼을 해서인지 다른 이유가 있는지는 명확하지 않아 사람들은 다양한 추측을 했다.

아직 엘리온과의 일은 일반인들에게 알려지지 않았으나 퍼지는 것은 시간문제였다.

"딱히 남편인 벤 외에 연고는 없더군요. 부모님은 일찍 사망, 그리고 친척들도 미국 전역에 흩어져 있는 데다 교류도 없습니다."

어지간히 외로운 여자였다.

하긴 그러니까 엘리온에게 쉽게 빠져들었을 것이다.

"별거한 지는 얼마나 됐지?"

"대략 3개월 정도 될 겁니다."

"엘리온과 만나기 시작한 때는?"

"4개월 정도입니다."

그렇다면 불과 한 달 만에 흠뻑 빠져들었다는 건데, 아무리 상대가 매력적이라도 그렇기 빠르게 갈아타려고 할 수가 있는 건가?

"둘 사이에 아이도 없고 불화도 좀 있었던 모양입니다."

"그렇겠지. 그래도 그렇지 엘리온이라는 놈, 대체 여자들한테 뭔 짓을 하길래……."

그는 자기 매력을 과신하는 듯한 말을 남겼다.

아무래도 뭔가 미심쩍었다.

"약물중독이라고 했지, 그 여자?"

"그렇습니다."

"원래 약을 했었나?"

"알아보겠습니다."

고서윤은 바로 어딘가로 전화를 걸었다.

누군가와 통화를 나눈 그는 태웅에게 말했다.

"그런 건 아닌 것 같습니다. 딱히 적발된 적도 없고 정신과 통원 치료를 받은 적도 없다는군요. 물론 몰래 하고 있었을 가능성도 있습니다만."

"그렇단 말이지."

그렇다면 엘리온이 그녀에게 장난을 친 것은 아닐까?

특정한 성분이 있는 약물을 먹여 몸과 마음을 빼앗았을 수도 있었다.

어디까지나 추측이지만 충분히 가능성이 있었다.

"일단 만나면 답이 나올 것 같네. 그 여자가 집에 있는 건 확실하지?"

"네, 확인했습니다."

도대체 무슨 재주로 할리우드에서까지 곳곳에 정보원을 심어놓는지는 모르겠지만, 최수빈이 남긴 유산이 대단하긴 한 것 같았다.

잠시 후, 두 사람이 탄 차는 어느 아파트 앞에 멈췄다.

할리우드 여배우가 살고 있다고 하기는 지나치게 소박한, 허름하기까지 한 거처였다.

"안에 있는 건 확실하지?"

"근처 집과 관리실에도 확인해 봤습니다. 혼자서 들어간 지 사흘쯤 됐다고 하는데 아직 집 밖으로 나온 사람이 없답니다."

이런 맙소사!

자칫하면 송장을 치울지도 모르겠다.

"여차하면 문을 따야겠어."

"그럼 문제가 생길 수도 있습니다만, 괜찮으신가요?"

"물론이지. 사람 살리는 게 우선 아니겠어?"

고서윤은 고개를 끄덕이곤 아파트 안으로 들어가는 태웅의 뒤를 따랐다.

관리실이 있었으나 자리가 비어 있어서 어처구니없이 쉽게 출입이 가능했다.

벤의 아내 낸시의 집은 10층 건물 중 5층 맨 구석에 위치하고 있었다.

그녀의 집 앞으로 가서 초인종을 눌렀지만 반응이 없었다.

"뭔가 이상해. 그렇지?"

"그러네요. 이 정도로 시끄럽게 했으면 반응이라도 해야 하는데."

문을 두드려 봐도 대답이 없자 태웅은 눈을 번뜩였다.

"문을 따자."

"그건 위험한 짓인 것 같습니다만."

"그래도 해야 할 것 같아. 문 딸 수 있지?"

"전 만능 맥가이버 칼이 아닙니다만."

"못 따?"

"…할 줄 알긴 합니다."

결국 태웅이 망을 보고 고서윤이 주머니에서 철사 비슷한 것을 꺼내어 열쇠 구멍에 집어넣었다.

다행히 복도를 지나가는 사람은 없어서 대략 3분 후 문을 열 수 있었다.

딸칵.

문이 열리자 집 안의 모습이 보였다.

조심스럽게 들어간 두 사람은 아무런 인기척이 느껴지지 않자 긴장했다.

그리 넓지 않은 실내 공간은 가구가 거의 없어서 혼자 살기
엔 충분해 보였다.

"그래도 시체 썩는 냄새는 안 나니 다행… 엥?"

태웅은 침대 위를 보곤 깜짝 놀랐다.

마치 미라 같은 행색의 여자가 눈을 감고 반듯한 자세로 누
워 있었다.

"죽은 건 아니겠죠?"

"이 여자가 낸시인가?"

벤 하프만 감독처럼 그녀 역시 피골이 상접한 모습이었다.

"부부는 닮는다는 말이 사실인 것 같습니다."

"그게 지금 할 소리야?"

태웅은 그녀의 어깨에 손을 대고 흔들었다.

"이봐요! 정신 좀 차려 봐요!"

그의 외침에 갑자기 그녀가 눈을 번쩍 떴다.

시뻘겋게 충혈된 눈빛이 마치 좀비 같았다.

"으아악!"

깜짝 놀란 태웅이 소리치자 그녀 역시 소스라치게 놀랐다.

"꺄악! 도, 도둑이야!"

"저흰 도둑이 아니라……."

사정을 설명하려는 고서윤의 말을 끊으며 태웅이 그녀의
입을 막았다.

"읍, 읍!"

"뭐 하시는 겁니까?"

고서윤이 멀뚱한 눈으로 낸시의 입을 막는 태웅을 바라보았다.

"이렇게 소리 지르게 놔둘 거야? 일단 진정부터 시켜야지!"

이 와중에 하나하나 설명을 한다고 해서 이해할 리도 만무하거니와 자칫하면 꼼짝없이 강도 취급을 받고 경찰서에 끌려갈 수도 있었다.

제압부터 한 후 천천히 대화를 시도해야 했다.

"쉽지 않습니다만……."

"무슨 여자가 이렇게 힘이 세? 역시 약물중독의 효과인가?"

두 남자는 발버둥을 치는 낸시의 몸을 힘겹게 누른 후 그녀가 진이 빠지기를 기다렸다.

하지만 시간이 꽤 지나도 그녀는 좀처럼 진정이 되지 않았다.

"히, 힘이 빠집니다."

"빌어먹을. 왜 이렇게 지구력이 좋아?"

"꺄아악!"

난리를 치던 그녀가 휘두른 팔다리에 고서윤이 뒤통수를 맞고 한발 물러났다.

그 틈에 두 남자의 손아귀에서 빠져나온 낸시가 침대에서 벗어나 방구석에 놓인 서랍으로 향했다.

'이런, 망했네.'

서랍장 안을 연 그녀의 손에 쥐어진 것은 바로 권총이었다.

그녀는 떨리는 손으로 권총을 들어 태웅을 향해 겨누었다.

"꼼짝 마! 이 강도 놈들아! 한 발짝만 움직이면 벌집이 될 줄 알아!"

*　　　*　　　*

'이거 위험한데.'

괜히 사람 하나 살리려고 왔다가 자칫하면 이쪽 목숨이 날아갈 판이었다.

왜 잊어버렸을까?

혼자 사는 여자가 호신용으로 총 하나쯤 가지고 있을 법한 곳이 미국이라는 사실을 말이다.

게다가 약물중독으로 불안한 정신 상태인 그녀의 손에 들려 있는 총이니만큼 언제 어떻게 발사될지 모르는 일이다.

"형님!"

갑자기 번개같이 움직이는 태웅을 보고 고서윤이 깜짝 놀랐다.

지금 상황에서는 위험하기 짝이 없는 행동이었다.

천천히 진정시키고 설득해도 모자랄 판에…….

하지만 태웅은 생각이 달랐다.

상대가 약물중독자인 만큼 말이 통할지, 언제 돌발 행동을 할지 몰랐기에 최대한 빨리 제압해야 했다.

다행히 그는 '삼총사: 더 웨스턴'에서 총잡이 역할을 맡은 덕분에 그녀의 동작만 보고도 어떻게 대처해야 할지 예측할 수 있었다.

그녀의 오른쪽으로 훌쩍 뛴 태웅은 단박에 손을 아래로 누른 후 소매치기가 지갑을 낚아채듯 총을 빼앗았다.

너무 빠른 동작이라 지켜보던 고서윤과 빼앗긴 그녀가 어리둥절해할 정도였다.

그녀의 총을 본 태웅이 피식 웃었다.

'안전장치도 안 풀었잖아?'

그는 순식간에 총을 조작하여 아예 분해시켜 버렸다.

"이런 건 위험합니다. 자칫하면 오발 사고가 날 수 있어요. 살인자로 감방에서 썩고 싶은 건 아니잖아요?"

바들바들 떨며 뒷걸음치는 낸시에게 그는 손바닥을 내보이며 진정시키려 애썼다.

"우리는 나쁜 사람들이 아닙니다, 낸시. 당신이 며칠 동안 집 밖에 나오지 않는다는 걸 알고 왔어요."

하지만 그녀는 여전히 의심과 두려움을 거두지 않았다.

당연한 일이었다.

생판 모르는 남자들이 갑자기 집에 들어와서 이러고 있으니 말이다.

"떨지 말고 내 얼굴 잘 봐요. 모르겠어요?"

그 말에 태웅의 얼굴을 유심히 보던 그녀의 눈동자가 커졌다.

"당신… 태웅 김?"

다행히 자신을 알아보았다.

태웅이 가슴을 쓸어내리며 고개를 끄덕였다.

"맞아요. 당신 남편 벤 하프만 감독의 영화 '삼총사'의 주인공이죠."

"다, 당신이 왜 강도질을……."

"아니, 그게 아니라 당신 남편이 보내서 왔어요."

순간적인 거짓말이었지만 그녀는 반응을 보였다.

"벤? 그가 왜 이런 쓸데없는 짓을 하죠?"

"걱정해서죠. 그는 촬영장에서도 매일 당신 걱정만 해요."

"집어치우라고 해요. 내 스토킹이라도 하는 건가요? 내가 집 밖에 나오든 말든 무슨 상관이라고."

그녀의 격한 말에 두 남자는 시선을 교환했다.

아무래도 설득이 쉽지 않을 것 같았다.

"두 사람 사이의 일은 모르겠지만 일단 사람 목숨은 살려야 하지 않겠어요? 듣자 하니 약물중독이라고 하던데, 같이 병원에 가서 진찰을 받으시는 게 좋겠습니다."

언뜻 보기에도 안 좋았는데, 가까이서 그녀의 얼굴을 살피니 더욱 상태가 나빠 보였다.

"웃기지 마요. 난 괜찮으니 그냥 내버려 두라고요. 당장 내 집에서 나가요."

하지만 그 말을 내뱉고 그녀는 갑자기 털썩 주저앉아 버렸다.

"상태가 심각한 것 같습니다만."

"그러게. 확실히 멀쩡한 건 아니네."

일단 그녀를 침대에 눕히고 난 후 태웅은 고민에 빠졌다.

"일단 병원부터 보내야겠어. 시체한테 질문할 수는 없으니까 말이야."

"동감입니다. 그럼 지금 바로 전화하겠습니다."

고서윤이 핸드폰을 꺼내자 갑자기 그녀가 버럭 소리를 질렀다.

"안 돼! 병원은 싫어! 그만둬요!"

표정이나 말투로 보아하니 병원에 심한 거부감을 가지고 있는 듯했다.

"괜찮겠어요? 금방 죽을 것 같아 보이는데."

"시끄럽고, 저기 서랍에 약병 좀 꺼내줘요. 당장!"

그녀의 말대로 서랍을 여니 투명한 병에 빨간색 캡슐이 몇 알 들어 있었다.

"이거 무슨 약이죠?"

"알 거 없어요. 빨리 내놓기나 해요."

"말 안 하면 안 줍니다."

태웅의 단호한 말에 그녀는 욕지거리를 내뱉으며 손을 뻗었다.

하지만 거리도 멀거니와 팔에 힘이 없어서 허우적거리기만
했다.

"이런 개자식들! 도대체 나한테 왜 이래?"

"아무래도 불법적인 약물인 것 같은데, 바로 경찰을 부르는
게 나을 것 같네요. 전혀 협조를 안 하시니 말입니다."

태웅이 정말로 경찰을 부르려는 시늉을 하자 결국 그녀가
입을 열었다.

"그냥 신경안정제라고요. 제발 부탁이니 그냥 줘요."

"거짓말하지 말아요. 나도 약에 대해서는 알 만큼 압니다.
이건 듣도 보도 못한 건데요? 신종 마약인가요?"

"아니라니까요!"

"그럼 어디 한번 마약 단속국에 보내보죠. 걸리면 엄중 처
벌이지만 마약이 아니면 아무 문제 없으니 괜찮을 겁니다. 어
디 보자. 마약 단속국 번호가……."

"그, 그가 줬어요!"

그녀의 말에 태웅은 날카로운 눈빛을 빛내며 물었다.

"그가 누군가요? 당신 바람 상대인 엘리온 보나파르트?"

그 말에 그녀가 순간 멍한 표정을 지었다.

"어떻게… 알았죠?"

'역시 그렇군.'

그의 추측이 맞았다.

강한 중독성이 있는 약물을 그녀에게 준 것은 엘리온이었다.

"그가 당신에게 약을 줬군요. 그리고 중독에 빠뜨렸고. 그렇죠?"

"아니에요. 준 건 맞지만… 그는 아무 잘못이 없어요."

자신을 내팽개친 상대 남자를 변호하는 것은 그리 드문 일도 아니지만, 그게 바로 엘리온이라고 생각하니 분노가 솟구쳤다.

"이것 봐요. 당신은 지금 모든 것을 다 잃을 처지예요. 당신을 망가뜨린 그 자식은 잘 먹고 잘살면서 할리우드 유망 배우로 승승장구하고 있고, 당신은 남편도, 돈도, 명예도, 건강도 다 잃을 처지예요. 그런데도 정신을 못 차립니까?"

"그를… 그를 욕하지 말아요."

몇 번이나 설득을 시도했지만 계속 같은 말이었다.

결국 태웅은 지쳐서 구급차를 부른 후 벤에게도 따로 연락을 넣었다.

자초지종을 설명하자 벤은 황급하게 알았다는 말과 함께 그녀가 입원한 병원으로 향했다.

헐레벌떡 병원으로 뛰어온 벤은 한동안 정신을 차리지 못하고 있는 아내를 살폈다.

두 사람이 무슨 말을 주고받았는지 알 수는 없지만, 원만하게 대화가 이루어지진 않은 듯했다.

          ＊   ＊   ＊

입원 수속을 마친 후 태웅은 벤과 단둘이 벤치에서 대화를
나눴다.

"당신에게 큰 빚을 졌군요. 자칫했으면 내 소중한 아내를
영원히 잃을 뻔했어요."

"도움이 되어 다행입니다."

"그나저나 부끄럽네요. 내 개인적인 치부이자 불찰인데 당
신이 알게 되다니……."

'이런 멍청이. 그거 모르는 사람이 어디 있어?'

사실 이미 업계에 소문이 어느 정도 퍼진 일이건만 그는 까
맣게 모르고 있는 것 같았다.

"이게 감독님 아내분의 방에서 나왔는데 알고 있나요?"

태웅이 내민 약병을 본 그는 천천히 살펴본 후 한숨을 쉬었
다.

"뭔가 안 좋은 지경에 처한 것은 알고 있었지만 이렇게까지
망가진 줄은 몰랐어요. 약물이라니……."

"약물 복용 자체도 문제지만 더 큰 문제가 있습니다."

"그게 무슨 뜻인가요?"

"감독님 아내분에게 이 약을 준 사람이 있다는 겁니다. 불
순한 의도를 가지고 말이죠."

그 말에 벤의 눈동자가 커졌다.

"일부러 약물중독에 빠뜨렸다?"

"바로 그거예요."

"도대체 누가? 그녀는 불과 3개월 전까지 나하고 살았어요. 그런데 내가 감쪽같이 모를 정도라는 건……."

"상대가 그리 예전에 만난 사람은 아니라는 거죠."

말을 빙빙 돌리던 태웅은 답답해졌다.

이렇게 유도 심문을 해서는 답이 나오지 않을 것 같았다.

"전 누가 줬는지 압니다. 그녀가 아까 말했거든요."

"뭐라고요? 도대체 그게 누굽니까?"

당장에라도 폭발할 듯한 눈빛을 들이대던 벤이 뭔가 떠오른 듯 입을 벌렸다.

태웅은 그를 바라보며 고개를 끄덕였다.

"추측이 맞을 거예요. 바로 엘리온 보나파르트죠."

그 말에 벤은 펄쩍 뛸 듯 놀라더니 이내 차갑게 가라앉았다.

"하나부터 열까지 전부 설명해 봐요. 지금 당장."

*   *   *

정황상 엘리온이 벤 하프만 감독의 아내 낸시에게 중독성 심한 약을 제공한 것은 사실인 듯 보였다.

다만 진상을 명확하게 밝히기에는 낸시의 상태가 좋지 않았다.

　정신을 잃었다가 깨어나기를 반복하면서 벤의 마음을 졸이게 했다.

　"죽여 버리겠어! 그동안 참았지만 이번엔 정말로 죽여 버릴 거야!"

　살기를 내뿜고 있는 벤을 진정시키며 태웅이 말했다.

　"무모한 짓은 하지 말아요. 감독님과 감독님 아내분을 위해서도 그건 좋은 방법이 아닙니다."

　"그럼 그 망할 자식을 어떻게 응징하죠?"

　"일단 저는 이 약의 성분을 분석할 겁니다. 그 후 그 망할 녀석이 자기 죄를 실토하도록 만들 거고요. 그 방법이 실패한다고 하더라도 녀석은 어찌 됐든 지금의 자리에서 내려와야 할 겁니다."

　"그렇게 한다고 아내가 나한테 돌아올까요?"

　벤은 이마를 감싸 쥐며 괴로워했다.

　그에게는 연적을 응징하는 것보다 아내와의 관계를 회복할 수 있을지가 더 중요했다.

　"만약 그녀가 그 남자에게 빠진 원인이 약물 때문이라면 충분히 가능할 겁니다. 그게 아니라면 감독님 부부가 서로 해결해야 하는 문제고요."

　태웅은 그 이후의 일까지 오지랖 넓게 관여할 생각은 없었다.

"당신 말이 맞아요. 이건 우리 부부의 문제죠. 난 오랫동안 일 때문에 그녀에게 소홀했어요. 만약 그녀가 날 떠난 게 약물 때문이 아니라고 해도 난 지금부터 최선을 다해볼 거요."

그렇다고 영화를 소홀히 하면 곤란했다.

하지만 태웅은 곧 그러한 걱정을 접어둘 수 있었다.

"삼총사를 반드시 성공시킬 거요. 그리고 그녀와도 다시 행복해질 겁니다. 내 모든 걸 걸고 해낼 거요!"

주먹을 불끈 움켜쥐는 그의 얼굴에 다시 생기가 넘쳐흘렀다.

"꼭 그렇게 되길 바랍니다."

"고마워요, 태웅. 그런데 당신은 왜 나를 돕는 거죠?"

그제야 벤도 정신이 돌아온 듯했다.

어떻게 보면 당연한 질문을 이제야 하고 있다.

"이건 감독님 부부만의 문제가 아닙니다. 전 남의 가정 파탄 내는 녀석은 그냥 두고 보지 못해요. 정의를 구현해야죠."

"괜히 퍼니셔가 아니군요."

그는 뜻밖에도 쉽게 납득해 버렸다.

이미 태웅이 한국에서 벌인 일들을 알고 있는 만큼 그가 불의를 보면 그냥 넘어가지 못한다고 생각하는 것 같았다.

실상은 딱히 그렇지도 않았지만.

"아내분을 잘 돌보시기 바랍니다."

"다음 촬영 때 봅시다, 태웅."

벤을 두고 병원을 나온 태웅은 즉시 자신의 집으로 향했다.

서재로 향한 그는 고서윤의 도움을 받아 테이블 위에 몇 가지 도구를 세팅했다.

'치명적 러브'의 촬영 때 얻은 '제약 회사 연구원' 능력으로 낸시가 복용한 약의 성분을 파악하기 위해서였다.

하룻밤을 꼬박 새운 후에야 그는 작업을 마치고 소파에 쓰러지듯 앉았다.

'조금 강한 환각제 수준이군. 최음제도 섞여 있고. 그런데……'

처음 보는 성분이 여러 개 섞여 있어서 결국 완벽한 분석에는 실패하고 말았다.

의학 서적 어디에서도 찾아볼 수 없는 성분이었다.

확실한 것은 사람을 쉽게 중독시키고 환각과 성적 흥분을 일으킨다는 것, 그리고 기억상실과 뇌 기능 저하를 유발한다는 것이다.

불현듯 그는 최근 엘런의 모습을 확실하게 본 사람이 없다는 고서윤의 말을 떠올렸다.

'이 위험한 인간과 가장 가까이 있는 사람이라면……'

그렇다면 옛 친구의 목숨이 위태로울 수도 있었다.

태웅은 한숨을 내쉬었다.

시계는 새벽 두 시를 가리키고 있었다.

엘리온의 저택은 태웅의 집에서 무척 가까운 곳에 있었다.

'오랜만에 옛집으로 돌아가 볼까?'

태웅은 소파에서 졸고 있는 고서윤을 힐끗 바라본 후 조심
스럽게 집을 나섰다.

아직 세상은 어둠으로 뒤덮여 있었다.

S# 7
엘리온 보나파르트

엘리온이 살고 있는 집은 현재 라이더 베스의 기념관이 있는 곳으로 태웅의 옛집이기도 했다.

아마 그가 죽은 후 용도 변경으로 인해 구조가 다소 변했을 수도 있지만, 기본적으로는 비슷할 것이다.

때문에 집에 대해서는 속속들이 알고 있었기에 만약 엘런이 그곳 어딘가에 감금되어 있기라도 한다면 어렵지 않게 찾을 자신이 있었다.

아직 여름이었지만 그래도 밤은 제법 쌀쌀했다.

옛집 앞에 도착한 태웅은 자신의 생각보다 일이 훨씬 까다롭다는 사실을 알게 되었다.

'집이 왜 이렇게 된 거야?'

원래부터 높은 담을 둘러치긴 했지만 지금은 아주 철옹성이 되어버렸다.

예전에는 낮에 와서 몰랐는데 새벽에 와보니 물 샐 틈 없는 경비라는 것이 뭔지 한눈에 보였다.

척 보기에도 수십 대의 CCTV와 경비원들, 그리고 지문 인식 시스템 같은 것들이 철통같은 보안을 자랑하고 있었다.

심지어 경비용 드론까지 떠 있는 것을 보니 국가 원수급 경호 수준이다.

무슨 방공호도 아니고 비싼 돈 처들여서 이게 뭐 하는 짓인지 모르겠다.

'엘런 이 자식, 이런 데 쓸 돈으로 좋은 일이나 더 할 것이지. 그냥 죽든 말든 상관 말고 내버려 둘까?'

그는 전생에서 자선 재단이나 기부 단체를 신뢰하지 않았다.

좋은 일에 쓴답시고 기부금을 받아 자기네들 욕심을 채우는 데 쓰는 경우가 워낙 많았기 때문이다.

그래서 그는 아예 직접 재단을 차려서 도움의 손길이 필요한 곳을 면밀하게 선정, 확실하게 지원해 주는 쪽을 택했다.

그의 모든 인생의 순간에는 엘런이 함께했기에 자신의 철학을 알고 제대로 실천할 거라는 생각으로 유언장에 그에게 모든 권리를 맡긴 것이다.

그런데 이따위로 허튼 데 돈을 써대다니…….

'일단 살았는지 죽었는지 얼굴이나 확인하자. 죽을 정도로 맞이 간 상태가 아니면 가볍게 매타작을 해줘야지.'

이 모든 보안 시스템들을 하나하나 정면으로 뚫고 지나가는 것은 불가능했다.

경고 없이 전기 충격을 가하는 펜스나 구조물도 있었기에 자칫하다가는 목숨이 위험했다.

'하지만 이 집을 설계한 건 나라고. 그러니까 이 정도는 껌이지.'

그에게는 자신만이 아는 보안 시스템 해제 수단이 있었다.

저택의 후문 쪽 디스플레이의 중앙에 음성 인식 시스템이 돌아가고 있음을 확인한 그는 '라이더 베스 위인전' 1권의 두 번째 챕터 '떠오르는 할렘가의 소년' 첫 문장을 읽었다.

딸칵!

이후 벌어진 일은 마치 마법 같았다.

[마스터키 모드—'진정한 주인의 귀환' 기능을 활성화하셨습니다.]

[CCTV가 현재 시점부터 촬영을 멈추고 반복 재생됩니다.]

[라이더 베스의 기록을 복원, 위조합니다.]

[저택의 모든 지문 인식, 홍채 인식 시스템을 현재의 육체로 이용하실 수 있습니다.]

'다행히 살아 있네.'

전생에 장난삼아 저택에 만들어둔 보안 시스템 해제 코드가 이렇게 제대로 먹힐 줄은 몰랐다.

아마 전체를 물갈이한 게 아니라 기존의 시스템에서 업그레이드한 것 같았다.

그는 기억을 되짚어 자신이 알고 있는 최적의 경로로 이동했다.

최대한 소리를 내지 않고 경비원의 시야가 미치지 않는 곳으로 움직인 그는 대략 35분이 걸려 저택의 본 건물 안으로 잠입할 수 있었다.

꽤 사람이 있던 바깥과는 달리 집 안은 썰렁하고 적막하기 그지없었다.

확실하진 않지만 엘리온 한 사람 말고는 아무도 없는 것 같았다

'아주 제 세상이군. 엘런한테 붙어서 이곳에 들어왔을 텐데 지금은 주인 행세라니.'

본채의 방은 대략 25개.

그곳을 다 뒤질 필요는 없었다.

어차피 수많은 시선이 지켜보는 집 안에서 사람을 가둬둘 만한 곳은 정해져 있으니까.

'지하의 창고 아니면 기계실, 그것도 아니라면 개인실이겠지.'

그의 예감으로는 개인실일 확률이 높았다.

세상과 사람이 너무나도 끔찍하게 싫어질 때가 있었다.

그런 기분이 들면 아무도 오지 못하는 곳에서 혼자 며칠이고 상관없이 지내고 싶었다.

그 바람을 이루기 위해 만든 곳이 바로 그만의 비밀 공간인 개인실이었다.

이곳의 존재를 아는 사람은 엘런, 그리고 전생의 마지막 연인인 데이라 엔젤 단 두 사람뿐이다.

엘리온이라는 놈이 그곳을 알고 있을지 모르지만, 엘런이 함께 살기까지 하면서 보살피고 키웠다면 알고 있을 확률이 높았다.

칠흑같이 깜깜한 어둠 속을 기억을 더듬어 돌아다니며 그는 지하실 창고와 기계실을 돌았다.

예상대로 그곳에는 아무도 없었다.

'그렇다면 역시 거긴가?'

그의 마지막 발걸음은 개인실로 향했다.

시계를 보니 어느덧 새벽 3시가 넘었다.

해가 긴 시기이니 대략 두 시간 남짓이면 날이 밝는다.

그렇게 되면 엘런을 데리고 이곳을 빠져나가기 어려웠다.

서둘러야 한다는 생각에 그는 개인실을 여는 세 가지 방법을 빠르게 진행했다.

1층 서재의 특정한 책 다섯 권을 순서대로 뒤집어 꽂으면 책장이 움직이며 개인실로 내려가는 입구가 모습을 드러낸다.

그곳에서 지문 인식 시스템으로 문을 열고 계단을 내려가 홍채 인식 시스템을 거치면 개인실 출입구가 열린다.

개인실을 안에서 닫으면 바깥쪽은 원상 복귀 되고, 그가 비밀스러운 공간에 있다는 것을 아무도 모르게 되는 것이다.

원래대로라면 김태웅의 몸인 지금 상태로는 안으로 들어갈 수 없었지만, 이미 마법의 주문으로 보안 시스템에서 자유로운 존재가 된 이상 아무런 문제 없이 출입이 가능했다.

마지막 홍채 인식 시스템을 가뿐히 통과하자 개인실 문이 열렸다.

안으로 들어서자 자동으로 조명이 켜졌다.

한 번에 확 켜진 게 아니라 은은한 수준의 밝기에서 점점 환해지며 실내의 모습이 보였다.

한쪽 구석엔 커튼이 쳐진 사각의 퀸 사이즈 침대.

반대쪽엔 월풀 욕조.

그리고 부엌에는 몇 달은 혼자서 살아갈 수 있는 비상식량과 각종 와인이 비치된 수납함과 냉장고가 있었다.

콘솔 게임기, 각종 DVD, 수백 권의 책까지 있는 이곳은 누구도 침입할 수 없는 그만의 요람이자 안식처였다.

그리고 지금 그의 눈앞에 보이는 것은 옛 친구의 엉망이 된 몰골이었다.

*　　　　*　　　　*

"맙소사! 엘런?"

마음의 준비는 했지만, 정말로 그가 여기 있을 줄은 몰랐기에 태웅은 절로 입이 벌어졌다.

나무 의자에 손발이 묶인 채 눈에는 안대까지 씌워져 있다.

갑작스러운 소리에 그가 멍한 얼굴로 고개를 들어 말했다.

"뭐야? 라이더? 왜 라이더의 목소리가 들리지?"

엘런은 잠시 미동도 않다가 힘차게 고개를 저었다.

"드디어 미쳤나 보군. 환청까지 들리는 건가? 아니면 죽을 때가 되어 귀신이 찾아오기라도 했나?"

혼잣말을 중얼거리는 모습은 예전과 다를 바 없었다.

태웅은 막상 그를 보자 고민이 되었다.

일단 당장 구해주고 탈출시키는 게 맞을지, 아니면 경찰부터 부를지, 안대를 벗기고 자초지종을 물어볼 것인지…….

갈등하며 핸드폰을 본 그는 아차 싶었다.

'맞아. 여긴 전화가 안 터지지.'

애당초 그 스스로가 외부와 철저히 단절되기 위해서 전파 방해 장치까지 설치한 곳이다.

비밀 공간이라고 해도 전화벨이 울려대고 메시지가 수없이 도착하면 마음의 평화를 얻을 수 없으니까 말이다.

게다가 위치 추적 또한 그를 귀찮게 만드는 일이었기에 반영구적인 수명으로 작동되는 기계장치를 두어 어떠한 통신도 가능할 수 없도록 만들었다.

그렇다면 결국 선택지는 당장 그를 데리고 탈출하거나, 아니면 이야기를 들어보는 수밖에 없었다.

고심 끝에 그는 마지막 방법을 선택했다.

자초지종을 묻지 않고 그를 데리고 탈출한다면 얌전히 굴지 않고 난동을 피울지도 모르거니와 도중에 엘리온이나 경비원들에게 들키기라도 한다면 꼼짝없이 아무 진실도 듣지 못하고 끌려가거나 도망치게 될 것이다.

적어도 어떻게 된 일인지는 알아야 했다.

태웅은 천천히 다가가 엘런의 안대를 풀었다.

빛이 들어오자 그는 눈이 부신 듯 괴로운 표정을 지으며 고개를 숙였다.

잠시 후, 시력을 회복한 그가 황급히 고개를 들었다.

"…누구요, 당신은?"

덥수룩한 황갈색 수염에 짙은 눈썹, 그리고 시체처럼 퀭한 눈빛의 옛 친구를 보는 순간 태웅은 머리가 지끈거리며 아파왔다.

도대체 뭐라고 설명해야 할까?

"난 당신을 잘 아는 사람입니다. 당신을 구하러 왔습니다."

"내가 여기 갇혀 있다는 건 어떻게 안 거죠?"

"…추리라고 해둡시다. 자세한 이야기는 나가서 하시죠."

"추리?"

엘런은 어이없다는 듯 인상을 썼다.

"당신, 무슨 셜록 홈즈라도 됩니까? 아니면 초능력자? 혹은 멀더나 스컬리 같은 특수 요원?"

"전 배운데요."

"배우?"

그는 태웅을 위아래로 훑더니 눈을 끔뻑였다.

"내가 모르는 할리우드 배우도 있었군. 어쨌든 엘리온 그 망할 자식과 한편이 아니라면 누구든 상관없으니 날 좀 풀어 줘요."

태웅은 의자에 묶인 그의 팔과 다리를 자유롭게 풀어주었다.

오랜만에 자유를 찾은 그는 허겁지겁 일어나다가 다리에 힘이 풀려 넘어지고 말았다.

바닥에 깔린 최고급 카펫이 아니었다면 이빨 몇 개쯤은 날아갈 뻔했다.

"조심 좀 하시죠. 오래 묶여 있었다면 근육이나 관절이 정상이 아닐 테니까요."

"…그런 말은 일단 좀 챙겨준 다음에 해야 하지 않나요?"

"아아!"

태웅은 쓰러진 그를 부축했다.

피 냄새와 섞인 역한 땀 냄새가 훅 끼치며 눈앞이 어지러웠다.

"꽤 오래 갇혀 있었나 보군요."

"지금이 몇 월 며칠이죠?"

"8월 말 정도 됩니다."

"…맙소사! 그렇게 오래되다니!"

"언제부터 갇혀 있었는데요?"

그 말에 그는 하늘을 잠시 올려다보곤 입을 열었다.

"기억이 안 납니다."

"그런데 오래됐는지 어떻게 알아요?"

"그러게요."

"어휴!"

한 대 확 후려갈기고 싶었지만 참았다.

"일단 여기를 나갑시다."

"그건 무리요. 이곳은 최고의 보안 시스템이 갖춰져 있고, 엘리온은 내가 빠져나가지 못하게 하려고 여길 알카트라즈 감옥 이상의 개미지옥으로 만들었을 테니까."

"만약 그랬다면 내가 여기까지 어떻게 왔겠어요?"

그 말에 엘런의 눈빛이 바뀌었다.

"그러고 보니 당신, 어떻게 여길 들어온 거요? 순간 이동 같은 거라도 하는 건가?"

"다 방법이 있어요. 난 이런 데 침투하고 빠져나가는 데 있어서는 전문갑니다."

"배우라면서요? 그런데 어떻게……"

"시끄럽고, 일단 따라오기나 해요."

태웅은 덩치 큰 엘런을 부축하느라 힘에 겨웠지만, 소리 내지 않으려 이를 악물었다.

　계단을 올라 서재에 도달한 둘은 아무런 경보도 울리지 않는 집을 수월하게 빠져나왔다.

　정원 뒤편을 가로지르며 경비원들의 시선을 따돌리고 마침내 해가 뜨기 전에 저택을 탈출하는 데 성공했다.

　"여기서 잠깐 쉽시다."

　완전히 녹초가 된 둘은 몸을 숨기기 좋은 울창한 나무 뒤편에 나란히 앉았다.

　"그런데 도대체 그자는 왜 당신을 가둔 거죠?"

　"나도 모르겠어요."

　태웅의 질문에 엘런은 한숨을 내쉬었다.

　"당신이 키운 배우잖아요? 뭔가 이유가 있을 거 아니에요."

　"글쎄… 내 재산을 노렸을 수도 있고, 평소에 내가 마음에 안 들었을 수도 있죠. 그리고 그는 내가 키우지 않았어요."

　"엥?"

　"녀석은 천재적인 배우였어요. 악마적인 흡인력을 가지고 있었죠. 외모는 물론이거니와 풍기는 아우라가 라이더 베스 이상이었어요."

　"그럴 리가 없을 텐데?"

　태웅은 자기도 모르게 발끈했다.

　하지만 그는 듣는 둥 마는 둥 하며 말을 이어갔다.

"라이더가 죽은 후 난 실의에 빠져 있었죠. 녀석은 좋은 친구이자 위대한 배우이고 세계 최고의 톱스타였으니까. 매니저로서 그 이상의 영광은 없었을 거요. 하지만 그는 외롭고 쓸쓸하게 죽어버렸어요. 아무도 없는 호텔 욕조에서 말이죠. 난 모든 걸 잃었다고 느꼈고, 친구에게 물려받은 돈과 기념 재단 대표라는 명예도 내 영혼을 채워주진 못했죠."

'이런……'

막상 이런 말을 들으니 그를 한 대 때려주려고 했던 마음이 쏙 들어갔다.

어릴 때부터 할렘가에서 함께 자라며 생사고락을 함께한 친구다.

라이더 베스의 죽음에 누구보다 슬퍼했을 것은 두말할 필요도 없었다.

"허탈한 마음에 기획사를 차렸지만 그의 발끝에도 미치지 못하는 인간들뿐이었어요. 심지어 꽤 스타라고 불리는 녀석들도 말이죠. 근데 엘리온 그 녀석을 봤을 때는 꼭 벼락을 맞은 것 같았다니까요."

"그렇게 대단한가, 그 사람이?"

"타고났다는 건 하늘의 선택을 받았다는 거요. 그런 사람은 직접 보기 전까지는 믿지 못하지. 하지만 난 태어나서 두 번째로 그런 인간을 본 겁니다. 그래서 그와 계약했고, 데뷔시켰죠."

이내 그의 얼굴에 영원한 무저갱과도 같은 그늘이 졌다.

"그리고 지옥이 시작되었죠."

    *   *   *

엘리온 보나파르트의 악마적인 매력 때문에 계약을 맺었지만, 엘런은 이내 자신의 선택을 후회하고 말았다.

이 남자는 데뷔하지도 않은 배우 지망생이라고 보기에는 지나치게 영악하고 교활했다.

함께하면서부터 엘런은 종종 자기 자신을 잃을 때가 많았다.

정신을 차려보면 엘리온이 원하는 대로 행동하고 있었다.

"그는 내가 키우는 배우였고 난 기획사 대표이자 매니저였습니다. 그런데 어느 순간부터 입장이 반대가 되고 말았어요."

라이더 베스 기념 재단의 운영권도, 유산인 재산과 저택도 모두 엘리온의 손에 들어가고 말았다는 것이다.

엘런이 바보가 아닌 이상 엘리온이라는 녀석이 뭔가 술수를 썼음이 틀림없었다.

'그 약물인가? 벤의 아내 낸시를 꼭두각시로 만든…….'

태웅은 그가 가지고 있을 무기를 추측해 보았다.

스크린에서 그가 보여준 연기와 흡인력은 진짜였다.

약물만으로 가능할 리가 없었다.

'최면술도 배웠을 것이고, 사람을 홀리는 말솜씨나 보디랭귀

지 같은 건 기본이겠지. 여하튼 무서운 놈이다.'

타고난 매력에 사람을 홀리는 기술을 여럿 알고 있고 약물까지 섞는다면 지금까지의 일이 가능할 것 같긴 했다.

"어쨌든 그 짓도 다 끝입니다. 궁금한 점은 경찰에서 밝히도록 하죠."

"경찰이요?"

"그래요. 당신을 감금한 죄, 그리고 낸시 스완슨에게 약물을 제공한 죄 등등 할 건 많습니다."

그 말에 엘런이 고개를 저었다.

"겨우 그걸로 될까요? 그래봤자 큰 죄가 아니니 금방 풀려날 거고, 그렇게 되면……."

엘런은 두려워하고 있었다.

그러고 보니 그 건장하고 무식한 김샛별 역시 엘리온을 만나고 나서 완전히 기가 꺾인 것을 보면 정말 대단한 놈이 아닐 수 없었다.

"모르긴 몰라도 다른 죄가 줄줄이 나올 겁니다. 게다가 그 녀석이 그냥 멀쩡히 활보하고 다니는 걸 두고 보는 건 너무 위험해요. 사회에서 격리시켜야 합니다."

아직까지 밝혀진 죄목은 크지 않았지만 태웅은 확신할 수 있었다.

그는 사이코패스나 소시오패스가 틀림없었다.

살인보다 더한 짓도 저지를 수 있는 괴물이었다.

이런 인간이 지금보다 더한 부와 명예, 권력까지 지니게 된다면…….

"하루라도 빨리 녀석을 잡아넣어야 해요. 그렇지 않으면 피해가 커질 겁니다."

"잡아넣는다……."

"경찰에 신고하여 긴급체포부터 해야겠네요. 어디로 도망갈지 모르니까."

"그래야겠군요."

"어서 갑시다."

태웅은 엘런을 부축하려 했으나, 그가 멀쩡히 일어나자 몸을 돌려 따라오라는 신호를 했다.

몇 걸음 내디뎠을 때, 태웅은 이상한 기분을 느꼈다.

왠지 등골이 서늘했다.

멈춰 선 그가 고개를 돌리려 할 때, 둔탁한 충격이 뒤통수를 강타했다.

퍼억!

그와 동시에 태웅은 쓰러졌다.

흐릿한 시야를 통해 눈앞에 검은 그림자가 악마처럼 스멀거리는 것을 보았다.

'이게 무슨……'

귀신에 홀린 걸까?

뭐가 어떻게 돌아가는지 알 수가 없었다.

어지러운 기분을 느끼며 그는 정신을 잃었다.

*　　　　*　　　　*

깨어났을 때, 태웅은 칠흑 같은 암흑 속에 있었다.

여긴 어딜까?

왠지 익숙한 공기의 냄새, 그리고 눅눅함.

일어나려 했지만 그는 자신이 철제 의자 같은 것에 몸이 완전히 결박당해 있음을 깨달았다.

'이런 제기랄……'

잠시 후 정신이 돌아오자 그는 방금 전 상황을 떠올리곤 이빨을 뿌드득 갈았다.

뒤통수를 맞고 기절한 게 오늘만 벌써 두 번이다.

'엘런인가? 그가 왜 나에게……'

자신이 엘리온을 경찰에 신고하겠다고 할 때부터 그는 어딘지 모르게 이상했다.

눈이 다시 퀭해졌고, 술 취한 사람처럼 말끝을 흐렸다.

그 악마 같은 녀석이 키워드 같은 것을 최면을 통해 엘런의 정신에 삽입한 것이 틀림없으리라.

그래서 자신에게 해가 될 만한 단어나 문장이 나오면 자동으로 행동하게끔 만들었을 수도 있었다.

'엘런도 이미 맛이 갈 대로 간 거로군. 빌어먹을, 너무 방심

했어.'

악의 소굴 같은 저택에서 옛 친구를 위기에서 구했다는 안도감과 엘리온 그 기분 나쁜 인간에게 제대로 한 방 먹일 수 있겠다는 생각에 너무 들떠 있었던 것 같다.

아무리 정신이 없었다고 해도 이렇게 허무하게 사로잡힐 줄이야.

딸칵!

갑자기 주변이 환해졌다.

눈부심이 가신 후 태웅은 주위를 둘러보곤 저절로 미간을 찌푸렸다.

라이더 베스 저택의 개인실!

아까 엘런을 구한 그곳에 다시 와 있었다.

이번에는 엘런이 묶여 있던 그 의자에 자신이 똑같이 묶여 있었다.

'망했네.'

어처구니가 없어 실소가 나왔다.

두려운 생각보다는 황당함과 분노가 치솟았다.

'나를 이런 꼴로 만들다니, 두고 보자.'

엘리온에 대한 분노가 더욱 치밀어 오르는 것을 느끼며 그는 한숨을 내쉬었다.

정말 이번에 다시 만나면 꿀밤 한두 대로는 직성이 풀리지 않을 것 같았다.

천장에 매달아놓고 샌드백 삼아서 3분 12라운드 정도 주먹과 발을 휘둘러야 화가 조금이나마 풀릴 것 같았다.

아니, 그것으로도 부족했다.

땅에 떨어뜨린 후 멍석으로 말아서 쇠 파이프로 납작하게 될 때까지 두드려야 할 것 같았다.

하지만 매타작을 하는 즐거운 상상은 더 이상 이어지지 않았다.

그가 앉아 있는 정면.

즉 반대편 의자에 앉아 있는 한 사내의 모습이 어렴풋이 보였기 때문이다.

"야, 엘런! 좋은 말로 할 때 이거 풀어!"

태웅은 옛 친구를 향해 외치며 있는 힘껏 발버둥을 쳤다.

하지만 무엇으로 묶어놨는지 단단하게 고정되어 있어서 풀리지 않았다.

"더 움직이면 다칩니다. 그건 산수유 껍질과 특수한 소재로 손수 제작한 밧줄이라 곰도 잡아둘 만큼 견고해요."

태웅은 목소리를 듣고 뭔가 이상한 기분에 화를 억눌렀다.

분명 건너편 사내는 엘런의 옷을 입고 있었다.

얼굴 역시 마찬가지이다.

하지만 그의 목소리는…….

"너 누구야?"

태웅의 질문에 상대방이 자리에서 일어나 천천히 걸어왔다.

"참, 이걸 아직 쓰고 있었네요. 미안합니다."

그가 목울대에 손을 갖다 대고 위로 힘껏 당겼다.

그러자 찌직 하는 소리와 함께 얼굴 가죽이 일그러지며 위로 벗겨졌다.

"하⋯⋯!"

환한 형광등 불빛 아래 드러난 얼굴을 보고 태웅은 허탈해졌다.

바로 엘리온 보나파르트였다.

*   *   *

"성형수술인가?"

"그렇습니다."

"이 사실을 엘런은 알고 있고?"

"모를 겁니다. 하지만 알아도 흡족해하지 않을까요? 훨씬 잘생기고 어려졌으니까."

태웅은 자신의 앞에 선 엘리온을 바라보며 혀를 찼다.

대충 어떻게 된 건지 짐작은 되었지만, 그래도 정식으로 확인해 보고 싶었다.

"넌 엘런의 또 다른 인격이로군."

"왜 그렇게 생각하죠? 그냥 정교하게 제작된 가면을 쓴 다른 사람일 수도 있는데."

"아까 나와 대화한 사람은 완벽한 엘런이었어. 그건 절대 틀릴 수가 없지. 그리고 지금 네가 아까 그 사람과 동일 인물이란 것도 마찬가지. 얼굴은 위장할 수 있어도 치열을 똑같이 할 수는 없으니까."

태웅은 미친 기억력 덕택에 엘런의 치열을 정확하게 알고 있었다.

얼굴은 성형을 했어도 옛 친구의 치열은 그대로였다.

그는 치과 치료를 광적으로 싫어했으니 어쩌면 당연한 일이었다.

"전직이 치과 의사였나요?"

"난 기억력이 엄청 좋거든. 대본도 한 번 보면 외울 정도야. 어릴 적에 엘런 씨를 만난 적이 있어서 그의 치열을 기억하고 있지."

"진짜라면 대단하군요."

엘리온은 정말로 감탄한 듯했다.

"당신의 추측은 맞습니다. 하지만 그렇게 불리는 건 기분 나쁜데요. 전 엘리온이지 엘런이란 사람의 부 인격이 아니거든요."

"네까짓 게 기분 나쁘든 말든."

침 뱉듯 내뱉은 말에 엘리온은 인상을 썼다.

그가 그런 표정을 짓는 것은 처음 보는 것 같았다.

"김태웅 씨, 어떻게 여기까지 들어왔는지 모르겠지만 이건 엄연한 주거침입죄입니다. 여긴 제 집이니까 말이죠."

"여기가 네 집이라고?"

태웅은 울컥했지만 순간 시스템의 요정 오한수가 내민 조건
을 떠올리곤 입을 다물었다.

"네 정체에 대해 다른 사람에게 말하면 엄청난 페널티가 부과
될 거야. 얼마나 큰 페널티인지는 나도 가늠이 안 돼. 그러니까
조심해야 해. 알았지?"

'거지같은 새끼!'

빌어먹을 제약 때문에 입이 근질근질했지만 다물어야만 한
다.

엘리온은 태웅의 반응을 흥미롭게 지켜보았다.

"뭔가 비밀을 숨기고 있군요. 저한테 얘기해 주실 수 있을
까요?"

"그런 거 없거든?"

"자꾸 그렇게 나오면 방법이 있어요. 추측했을지 모르겠지
만 전 최면술에 능합니다. 사람 하나 자백시키는 건 일도 아
니거든요."

'이런 씨발!'

태웅은 당황했다.

만약 그가 정말 최면술을 써서 자신이 정체를 실토하게 된

다면 오한수가 말한 엄청난 페널티라는 것을 부여받게 될 것이기 때문이다.

"하하하, 농담입니다. 그렇게 비밀 얘기를 들으면 하나도 재미없어요. 내 스타일도 아니고. 나는 태웅 씨가 어떻게든 스스로 입을 열게 만들 겁니다. 그러니까 울지 말아요. 꼬마야."

"…있잖아, 내가 너한테 약속 하나 할게."

"뭡니까?"

"넌 반드시 나한테 만 대 정도 얻어맞은 다음 감방으로 가게 될 거다. 내 모든 걸 걸고 약속하지."

"듣던 대로 폭력적이시군요. 모든 걸 건다고 하셨는데, 그런 건 함부로 거는 게 아닙니다."

엘리온은 태웅의 협박에도 아랑곳하지 않고 실실거렸다.

"보안 시스템은 이참에 싹 갈아버려야겠어요. 당신이 무슨 재주를 부렸는지 모르겠지만 귀신같이 들어와서 엘런 씨를 데리고 탈출했으니까요."

"굳이 그럴 필요가 있을까? 보안 시스템 같은 건 꾸준히 써야지 너무 자주 바꾸면 안 좋아."

"…당신 참 재밌는 사람이네요. 이 상황에서 그런 농담을 하고."

"농담 아닌데?"

엘리온은 피식 웃었다.

"어쨌든 그 여유, 오래오래 소중히 간직하시기 바랍니다. 너무 일찍 정신줄 놔버리면 재미없으니까요. 태웅 씨의 집은 앞으로 여기가 될 겁니다."

"날 엘런 대신 감금하겠다?"

"그래요. 엘런이란 사람도 이제 슬슬 대외 활동을 할 때가 됐어요. 그렇잖아도 조금씩 이상한 시선들이 있었으니까요."

태웅은 답답해졌다.

정말로 이곳에서 감금된다면 벌어질 일을 생각해 보니 끔찍하기 그지없었다.

"이것 봐요, 엘 선생."

"…네?"

"내가 올드보이 주인공도 아니고, 그냥 좋게 좋게 합시다. 나 같은 사람 여기 감금해 봐야 무슨 소용이 있어요? 내 아무 말도 안 하겠다고 약속할 테니 그냥 풀어줘요. 어차피 당신이 엘런이고 엘리온인데 내가 경찰한테 엘리온이 엘런을 여기 감금했다고 말해봤자 믿겠어요? 에이, 씨발! 말하면서도 헷갈리네."

태웅은 고개를 힘껏 저으며 굳은 얼굴 근육을 이리저리 움직여 풀었다.

엘리온이 멍한 표정으로 그를 바라보았다.

"욕해서 미안합니다. 어쨌든 당신은 엘런으로 살던 엘리온으로 살던 그냥 잘 먹고 잘살아요. 난 그냥 한류 스타 김태웅으로 열심히 배우 하면서 살 테니까. 오늘 일은 그냥 서로 없었던 일로 합시다. 오케이?"

"하하하하하하!"

물끄러미 태웅을 바라보던 엘리온이 웃음을 터뜨렸다.

"그렇게는 안 되겠는데요? 당신 너무 재밌는 사람이라 여기 두고 좀 즐겨야겠어요."

'…안 통하네.'

난감하기 그지없었다.

역시 이 교활한 녀석은 얕은 술수 따위에 쉽게 넘어가지 않았다.

"좋아, 일단 이유나 한번 들어보자."

"무슨 이유요?"

"네가 정신 나간 사이코가 되어서 지킬 박사와 하이드 놀이를 하고 있는 이유 말이야."

자신의 생사여탈권을 쥔 사람 앞에서도 태웅은 거침없이 욕설을 퍼부어댔다.

"입심 참 대단하군요. 뭐, 정 궁금하다면 얘기해 드리죠."

그는 의자를 가지고 와서 태웅의 앞에 앉았다.

"어디서부터 얘기를 해야 하나. 일단 엘런의 이야기부터 시작할까요?"

그는 고요한 눈빛이 되었다.

마치 전생을 떠올리는 듯한 아련한 표정이었다.

"아주 유명한 이야기니까 아실 수도 있겠지만, 엘런은 대배우 라이더 베스의 친구이자 매니저였어요."

*   *   *

엘런과 라이더 베스가 태어나고 자란 곳은 뉴욕 남동부 맨해튼의 인구 밀집 지구였다.

흑인들과 멕시칸, 이탈리아계와 스페인계 등 다양한 인종이 몰려 사는 그곳은 바로 할렘이라고 불리는 미국의 대표적인 빈민가이자 우범지대였다.

하루에도 몇 번씩 총격전이 일어나고 사람이 죽어나가는 그곳에서 두 사람은 친구가 되었다.

백인 쓰레기인 아버지, 그리고 한국계 미국인 어머니 사이에서 태어난 라이더 베스는 아버지의 얼굴도 본 적이 없었다.

그가 두 살 때 아버지가 권총 강도를 당했기 때문이다.

허드렛일을 하는 어머니 밑에서 자란 라이더의 꿈은 일찍부터 배우였다.

열 살 때 어머니마저 교통사고로 죽은 후 교회 신부님 밑에서 자라면서 라이더는 늘 자신이 찬란한 별이 될 것이라고 믿었다.

쓰레기통에 핀 꽃처럼 우월한 외모를 가진 라이더에게 홀리듯 끌린 엘런은 철이 들기도 전부터 그의 뒤를 봐주었다.

흉악한 말과 주먹, 칼과 총알이 오가는 전쟁터 같은 곳에서

엘리온 보나파르트 269

엘런은 특유의 악과 깡으로 아무도 건드릴 수 없는 무서운 존재로 컸다.

험악한 갱들조차도 그를 존중했고, 함부로 그와 그의 친구들을 괴롭히지 않았다.

하지만 간혹 정도를 지키지 않는 이들이 있었다.

할렘가의 매드독이라고 불리는 제프리라는 멕시칸 갱이 어느 날 라이더 베스에게 시비를 걸었다.

시궁창 같은 슬럼가에 어울리지 않는 라이더를 보며 은근히 심기가 뒤틀린 것이다.

엘런이 곁에 없는 상황이라 한 번쯤 손을 보려는 속셈이었으나, 도리어 그는 라이더에게 그야말로 동네북처럼 얻어맞았다.

알고 보니 엘런보다 훨씬 무서운 인간이었던 이 곱상한 동양계 소년은 한 술 더 떠서 싸움을 말리던 다른 멕시칸 조직원들까지 두들겨 패버리고 말았다.

문제는 그들 중 보스의 동생이 포함되어 있었다는 사실이다.

한순간에 할렘가 모든 멕시칸 조직의 타깃이 된 라이더를 보호하기 위해 엘런은 애를 썼지만 역부족이었고, 결국 두 사람은 할렘가를 뜨기로 결심했다.

그 과정에서 엘런은 두 발의 총을 맞고 사경을 헤매기까지 했지만 두 사람은 마침내 뉴욕을 떠나 꿈의 땅인 로스엔젤리스로 향했다.

일찍이 배우가 꿈이던 라이더를 위해 엘런은 매니저를 자청했고, 그들은 허름한 식당에서 접시 닦이를 하며 생활비와 집세를 벌었다.

바퀴벌레가 우글거리고 빛조차 잘 들지 않는 데다 뜨거운 물 대신 녹물이 나오는 좁은 집에서 둘은 서로에게 의지하며 꿈을 키웠다.

기회는 생각보다 일찍 찾아왔다.

식당 주방에서 홀 서빙으로 옮기자마자 라이더는 화제의 주인공이 되었다.

도저히 감춰질 수 없는 그의 눈부신 외모를 한번 본 사람은 그를 절대 잊을 수 없을 정도였다.

멀리에서까지 그의 얼굴을 보기 위해 여자 손님들이 찾아왔고, 파리 날리던 식당은 순식간에 발 디딜 틈 없는 다운타운의 핫 플레이스가 되었다.

소문을 듣고 찾아온 에이전시의 캐스팅 매니저들은 그를 보는 순간 입을 쩍 벌렸고, 홀린 듯 명함을 주며 계약서를 내밀었다.

이들에게 라이더는 단 한 가지의 조건을 걸었다.

자신의 친구인 엘런을 매니저로 써야 한다는 것이었다.

초짜 배우의 무리한 요구였지만, 라이더는 한 발짝도 물러서지 않았다.

"라이더, 굳이 나 때문에 그럴 필요 없어. 그냥 넌 빨리 스타가 되는 데 집중하라고."

엘런의 말에 라이더는 씨익 웃으며 말했다.

"걱정할 것 없어. 어차피 그들은 요구를 수락할 수밖에 없을
테니까."
"그 조건 때문에 계약 안 한다고 하면 어떻게 하려고?"
"그럼 안 하면 되지. 야, 그런 표정 짓지 마. 설마 한 곳도 없을
까 봐?"

엘런의 고민은 오래가지 않았다.
다섯 군데의 에이전시에서 라이더가 내건 조건을 수락했기
때문이다.
그들로서는 이 애송이의 요구를 들어줄 수밖에 없었다.
누가 보더라도 그는 세계적인 스타가 될 만한 재목이었으니
까.
두 편의 단편영화, 그리고 한 편의 장편영화로 라이더는 단
숨에 할리우드의 초신성으로 떠올랐다.
첫 장편영화 '닥터 크로울리'에서는 단역에 불과했으나 주연
이던 할리우드 스타 배우를 압도하면서 신 스틸러로 관객들에
게 확실한 눈도장을 찍었다.
밀러드는 캐스팅 제의와 광고 제의로 엘런은 정신없는 나날

을 보냈다.

매니저가 뭔지도 잘 몰랐지만 그는 라이더를 위해 할 수 있는 모든 일을 했다.

세 번째 장편영화 '푸야 라이몬디의 기다림'에서 주연을 맡은 라이더는 단번에 할리우드의 아이콘이 되었다.

역대급 외모와 사람의 혼을 빨려들게 하는 미친 연기력, 그리고 마성의 매력까지 겹쳐져 그는 슈퍼스타가 되었다.

개런티는 순식간에 수백억 원을 넘어섰고, 비버리 힐스의 대저택이 두 남자의 보금자리가 되었다.

고급차와 명품 옷, 수많은 미녀들의 구애와 언론의 관심이 밀물처럼 쏟아져 들어왔다.

*　　　*　　　*

'졸려 죽겠네.'

태웅은 하품이 나오는 것을 참으며 엘리온의 이야기를 들었다.

어차피 다 아는 사실인데 모르는 척하는 게 힘들었다.

"어느 순간부터 두 사람은 친구가 아니라 고용주와 고용인의 관계가 되었죠. 라이더가 데이라 엔젤이라는 마녀 같은 여자에게 빠지면서 이 모든 문제가 시작되었어요."

그 이름을 듣자 태웅은 정신이 번쩍 들었다.

걷잡을 수 없이 짜증이 솟구쳤다.

하지만 아는 척할 수도 없어서 그냥 입을 다문 채 그가 하는 이야기를 듣고만 있었다.

"그 여자는 할리우드 사교계에 갑자기 등장했죠. 사우디아라비아 석유 재벌의 숨겨진 딸이라는 소문도 있었고, 고도의 훈련을 받은 러시아 스파이라는 소문도 있었어요. 어찌 됐든 라이더는 그녀에게 빠져들었고, 완전히 맛이 가버렸어요. 천하의 라이더 베스가 여자 하나 때문에 정신이 나갔단 말입니다. 믿을 수 있겠어요?"

'믿을 수 있지. 내가 바로 당사자니까.'

불쾌한 기억을 떠올리니 머리가 아파왔지만, 태웅은 정말 궁금한 표정을 지으며 물었다.

"그런데 라이더 베스가 그렇게 된 것과 당신이 이중인격이 된 게 무슨 상관이지?"

"잠자코 들어봐요. 설명하는 중이니까."

말을 끊은 것에 짜증이 난 듯 엘리온은 인상을 썼다.

그에게서 보기 힘든 모습이었다.

"그 여자는 타고난 악녀였어요. 작심하고 라이더를 망가뜨리려 접근한 것 같았지만 내 오랜 친구는 그걸 눈치채지 못했죠. 사소한 말실수 하나에 라이더의 혼을 빼놓을 정도로 몰아붙이다가도 갑자기 돌변해서 품에 안겨서 사랑을 속삭이는 그런 타입. 그러다가도 눈앞에서 다른 남자와 뜨거운 키스를 나누는 여자. 아마 본 적이 있을 겁니다."

라이더는 점점 망가져 가기 시작했고, 어느 순간부터 약물에도 손을 대고 있었다.

엘런은 그 약물 역시 그녀가 알려줬을 것이라고 추측했으나 당시 라이더는 한사코 부인했다.

'그러고 보니 기억이 나질 않네. 약물을 그녀가 줬던가?'

태웅은 한숨을 내쉬었다.

이후의 일은 어느 정도 기억이 났다.

어느 날 데이라 엔젤은 갑자기 사라졌고, 라이더는 그녀를 찾기 위해 모든 수단을 동원했지만 수확이라고는 그녀가 남긴 편지 한 통뿐이었다.

날 찾지 말아요. 난 본래의 자리로 돌아갈 거니까. 당신과는 즐거웠지만 그뿐, 사랑한 적은 없네요. 부디 행복하게 살아요.

라이더는 약물과 술에 절어 나날을 보냈고, 연달아 사고를 치며 가십거리로 전락했다.

그럼에도 불구하고 연기력만큼은 여전해서 출연한 영화에서는 늘 압도적인 연기력을 발휘했다.

하지만 엘런은 그의 정신이 완만하게 붕괴되고 있다는 사실을 알았다.

친구가 수렁에서 빠져나오기 위해 애쓸수록 두 사람의 관계는 험악해져 갔다.

"그딴 년은 빨리 잊고 정신 차려. 라이더 베스가 고작 이런 일로 망가질 거야?"

"입 닥쳐. 네까짓 게 뭔데 그녀를 욕하는 거야?"

"라이더, 난 네 매니저야. 그리고 친구이기도 하고."

"친구? 너랑 내가 레벨이 맞는다고 생각해? 넌 그냥 내 매니저일 뿐이야. 그 이상도 이하도 아니라고."

라이더의 막말에 엘런은 그와 주먹다짐을 했고, 두 사람은 냉전에 들어갔다.

"그의 말을 듣고 나니 난 살면서 아무것도 이루지 못했다는 냉엄한 현실을 깨닫게 되더군요. 물론 홧김에 한 말이겠지만 그의 말은 사실이었어요. 난 그냥 성공한 배우의 매니저일 뿐이었죠. 내 꿈은 배우였는데 말입니다."

'꿈이 배우라고?'

태웅은 깜짝 놀랐다.

엘런이 연기를 하고 싶어 했을 줄은 몰랐다.

그토록 오랜 시간을 함께한 친구인데 말이다.

"그때부터 배우가 되어야겠다는 생각을 품었죠. 하지만 안 됐어요. 거울을 보고 혼자 연기를 해본 순간 알게 되었죠. 난 재능이 없다고."

그는 타고난 발연기였다.

그렇다고 외모가 뛰어난 것도 아니었고 개성이 특출하지도 않았다.

여러모로 보나 배우는커녕 연예인을 하기에도 불가능에 가까운 조건이었다.

"연락을 끊은 지 보름이 되던 날 아침, 전화 한 통을 받았죠. 그때를 잊을 수가 없어요. 내 오랜 친구 라이더가 죽었다는 사실을 다른 사람의 목소리로 알게 되었으니까."

어릴 때부터 함께한 영혼의 친구가 혼자 호텔에서 쓸쓸하고 비참하게 죽음을 맞았다는 사실은 엘런에게 큰 충격을 주었다.

친구의 유언대로 자선 재단을 만들고 장례를 치르는 등 사후 처리를 했지만, 이후 그는 끊임없는 우울증에 시달렸다.

수시로 찾아오는 무기력함에서 벗어나기 위해 AL이라는 이름의 에이전시도 차렸지만 금세 시들해졌다.

그 무렵 그의 눈앞에 엘리온이라는 남자가 나타났다.

라이더 베스와 비슷한 분위기의 그는 엘런의 마음을 단번에 사로잡았다.

하지만 그는 바로 엘런 자신의 꿈과 불안함, 그리고 마음속 어둠이 투영된 또 다른 인격체였다.

"그때부터 우리 불쌍한 엘런 씨의 정신은 붕괴되기 시작했죠. 그는 자신의 정신이 완전히 파탄 나는 것을 막기 위해 나를 만든 겁니다. 일종의 방어기제랄까요?"

"그렇군."

태웅은 의외로 담담했다.

결국 친구를 망친 것은 자신이었던 것이다.

전생에 저지른 수많은 잘못 중 가장 큰 실책이었다.

"그런데 어떻게 그렇게 연기에 재능이 없던 사람이 갑자기 당신 같은 능력을 가지게 된 거지?"

"그건 나도 모릅니다. 어쩌면 그 안에 라이더 베스에 못지않은 재능이 숨어 있었는지도 모르죠. 그리고 인격이 분리된 순간 그 재능이 발현된 건지도 모르구요."

이후 엘런은 성형수술을 했고, 기존의 얼굴과 똑같은 가면을 만들었다.

가면은 실제 사람의 얼굴 질감과 골격을 완벽하게 재현한 예술 작품에 가까웠다.

이미 그는 라이더의 재산을 물려받아 어마어마한 재산을 가지고 있었기에 그 정도를 제작하는 것은 문제도 아니었다.

"그때부터 가면을 수시로 바꿔 쓰면서 지킬 박사와 하이드 놀이를 시작한 거고."

"맞습니다."

"그런데 왜 엘런은 여기에 가둔 거야? 어차피 네가 엘런이고 엘런이 넌데."

"그거야 엘런의 인격이 아직 사라지지 않았거든요. 그리고 그는 내가 곧 그라는 것을 모르죠. 때문에 종종 내게 저항했단 말입니다. 그래서 여기 가두게 된 거죠."

태웅은 그의 말을 듣고 머리를 굴렸다.

엘리온의 인격이 잠들고 엘런이 돌아오는 계기가 있을 것이다.

물론 그 반대도 마찬가지.

그걸 안다면 지금 상황에서 벗어날 수 있으리라.

"뭔가 묻고 싶은 게 있나 보군요."

엘리온의 말에 태웅은 스스럼없이 물었다.

"넌 언제 엘런으로 돌아오지?"

"언제 인격의 전환이 이루어지느냐 그거군요."

"그래."

"그걸 당신에게 가르쳐 줄 생각은 없습니다. 내가 왜 그래야 하죠?"

이죽거리는 엘리온을 보며 태웅은 한숨을 내쉬었다.

예상대로 쉽게 알려줄 리 없었다.

"왜냐하면 난 여길 나가야 되거든. 그리고 집으로 돌아가야 하고, 영화도 찍어야 하고… 할 일이 많아."

"포기하세요. 당신은 평생 여기서 썩을 테니까요."

"진심이야?"

"진심입니다. 아까 말하지 않았나요? 당신이 아주 마음에 들었다고."

"마음에 안 들게 되면 풀어줄 건가?"

"하하하, 무슨 생각 하는지 다 압니다. 하지만 당신 뜻대로 는 안 돼요. 뭘 생각하든 하지 마시기 바랍니다."

태웅은 크게 심호흡을 한 후 눈을 크게 떴다.

그는 절대로 이곳에 오래 머물 생각이 없었다.

"할 건데?"

"소용없어요."

"있을 거야. 왜냐면 난 네가 엘런이 되는 스위치를 알 것 같 거든."

"…뭐라고요?"

태웅은 빙긋 웃으며 입을 열었다.

"이제 그만 일어나, 엘런. 내 친구(My buddy)."

엘리온의 눈빛이 당혹감에 사로잡혔다.

대단한 말도 아니었지만, 엘런에게 이 말을 할 수 있는 사람 은 세상에서 단 한 명이었다.

"…라이더 베스?"

그는 믿을 수 없다는 듯 손을 뻗어 태웅의 입을 닫으려 했 다.

하지만 말은 언제나 행동보다 빠른 법이다.

"네가 필요해. 나 좀 도와줘."

태웅의 말에 엘리온은 실이 끊어진 인형처럼 바닥에 주저앉 고 말았다.

　　　　＊　　　＊　　　＊

　바닥에 쓰러진 엘리온을 보며 태웅은 안도의 한숨을 내쉬었다.

　'먹힐 줄은 몰랐는데 천만다행이군.'

　사실 허세를 부리긴 했지만 정말로 통할 줄은 몰랐다.

　잠들어 있는 엘런의 인격을 깨우기 위해서는 강한 충격이 필요할 것이라고 예상했다.

　전생에서 그는 친구 엘런을 특유의 말투로 불렀다.

　라이더 베스가 '내 친구(My buddy)'라고 부르는 친구는 엘런이 유일했다.

　엘런 역시 자신을 그렇게 부르는 사람은 라이더뿐이었다.

　그래서 옛날처럼 부르면 엘런이 반응하리라는 기대가 있었다.

　"으으으……."

　비틀거리며 바닥에 쓰러진 엘런이 몸을 일으켰다.

　그는 어리둥절해하며 주위를 둘러보곤 눈앞에 묶여 있는 태웅을 발견했다.

　"아니… 이게 어떻게 된 겁니까? 당신이 왜 여기서 묶여 있죠?"

　"당신이 한 걸 왜 나한테 물어요?"

태웅은 퉁명스럽게 대답했다.

인격이 다르긴 해도 어쨌든 이 녀석한테 뒤통수를 두 번 맞고 기절했다.

뇌에 이상이 생기지 않을까 걱정이다.

"내가 했다고?"

"빨리 풀어주기나 해요. 갑갑해 죽겠으니까."

"…알겠소."

엘런은 신속한 동작으로 태웅을 묶은 줄을 풀었다.

잠시 후, 자유를 되찾은 태웅은 설명을 바라는 듯한 엘런의 표정을 보고 입을 열었다.

"궁금한 게 많은가 본데, 내 질문부터 대답해 줘야겠어요."

"뭔가요?"

"당신 혹시 약물 같은 거 처방받은 적 있어요?"

"약물?"

낸시 스완슨도 약물중독으로 엘리온의 노예가 되었다.

자신 역시 약물중독으로 죽었다.

그리고 엘런 역시 약물중독이 의심되었다.

그는 곰곰이 생각하다가 고개를 끄덕였다.

"나도 라이더가 죽은 후 우울증에 공황장애였으니 몇 번 처방을 받은 적이 있죠."

"그렇군요."

"근데 그건 의사한테 처방받은 약입니다. 문제될 것이 없어요."

"의사라······."

대부분의 할리우드 스타들은 주치의가 있다.

그 역시 전생에 주치의가 있었다.

'혹시 그가 처방약에 장난을 친 걸까?'

어렴풋이 예전 주치의가 떠올랐다.

테베스 박사.

젊은 나이였지만 뛰어난 실력을 지닌 정신과 의사로 수많은 고객을 확보하고 있는 자였다.

"그런데 그건 왜 묻습니까?"

엘런의 말에 태웅은 머리를 굴렸다.

"사실 전 벤 하프만 감독의 의뢰를 받아 당신의 배우 엘리온에 대해 뒷조사를 하던 중이었어요. 그가 벤의 아내에게 수작을 부린 건 알고 있죠?"

"그런 일이 있었어요?"

"낸시 스완슨. 엘리온이 그 여자를 꼬셔서 가지고 놀았어요. 그리곤 매정하게 차버렸죠. 그녀는 지금 남편인 벤 하프만 감독과 별거하며 혼자서 살고 있어요."

"하, 미친 자식. 정말 별짓을 다 했군."

자기가 한 건지도 모르고 욕을 퍼붓는 엘런을 보며 태웅은 마음이 짠했다.

"그런데 얼마 전에 그녀를 찾아가 보니 여전히 엘리온을 그리워하고 있었어요. 그에 대해 욕하면 발끈하더군요. 그녀는 우울증과 불면증으로 약을 먹고 있었는데, 그 약을 알려준 게 바로 엘리온이라고 했습니다. 제가 성분을 분석해 보니 일반적인 약이 아니더군요. 중독성은 다른 약의 수십 배, 그리고 부작용도 압도적으로 많았어요. 신종 마약 같더란 말입니다."

그 말에 엘런은 지친 듯 넋두리를 늘어놓았다.

"그라면 그러고도 남지. 어딘가에서 그런 약을 구한 후 사람을 혹하게 만들었을 수도……."

태웅은 대충 감이 잡혔다.

주치의가 엘리온과 손을 잡았거나 조종당하고 있는 것이다.

사람을 현혹시키는 약물을 써서 대상을 노예로 만드는 짓을 했을 수도 있었다.

'그렇다면 혹시 나도……?'

그는 죽기 직전 기억을 되살려 보려 했지만 뿌옇기만 했다.

문제의 약물은 강력한 환각 작용과 중독성이 있다.

그리고 부작용 중 하나가 바로 기억 상실이다.

그렇다면 약을 누구에게 처방받았는지, 어떻게 죽게 되었는지를 모조리 잊어버렸을 가능성도 있다.

"어쨌든 이번엔 진짜 여기를 좀 나가야겠어요. 이미 동이 텄을 테니 말입니다."

"그렇군요. 일이 어렵게 됐지만 엘리온 그 악마 같은 놈을 잘 피해 간다면 가능할 거요."

태웅은 멋모르고 떠드는 그의 얼굴을 바라보았다.

인피 가면이 벗겨져서 그는 엘리온의 얼굴을 하고 있었다.

만약 거울을 본다면 무슨 일이 일어날까?

"음?"

벽에 걸린 거울을 물끄러미 본 엘런이 의아한 표정을 지었다.

그는 고개를 좌우로 비틀며 당황스러운 듯 자신의 뒤통수를 쳤다.

"잠 좀 깨자, 잠 좀. 이제는 환각까지 보는구나. 쯧쯧."

한참 동안 멍청하게 거울을 들여다보던 그의 눈이 점점 커졌다.

경악으로 물들어가는 그의 표정을 보며 태웅은 가슴이 두근두근했다.

과연 어떤 반응을 보일까?

"내가 지금 헛것을 보고 있는 것 같은데, 맞나요?"

"아닐 겁니다."

"그럼 이게 다 사실이란 말입니까?"

"네."

"엘리온 자식, 악취미구만. 나한테 자기 얼굴처럼 생긴 가면을 뒤집어씌우다니, 하하하!"

"그 반대일 걸요."

"무슨 뜻입니까? 이해가 잘……."

"잘 생각해 봐요. 사실 이게 다 당신이, 아니, 당신의 다른 인격이 하는 일을 인식하지 못해 벌어진 일이니까요."

멀뚱하게 허공을 바라보던 그가 갑자기 소스라쳤다.

"말도 안 돼. 설마……."

"당신은 이중인격자예요. 욕이 아니라 정말로 두 개의 인격을 가지고 있죠. 라이더 베스의 친구 엘런, 그리고 악마 같은 배우 엘리온."

그의 눈동자가 좌우로 격하게 흔들렸다.

그 말을 이해하기까지 그리 오래 걸리지는 않았다.

"으아아아아아아악!"

처절한 비명이 울려 퍼졌다.

*   *   *

함께 서재로 들어간 둘은 그간의 일에 대해 이야기를 나눴다.

엘런은 이제야 자신의 의식이 군데군데 끊어진 이유를 깨달을 수 있었다.

"사실 아직도 믿을 수 없어요. 확인을 좀 해봐야겠습니다."

그는 서재 한쪽 벽의 어느 지점을 눌렀다.

그와 동시에 벽에서 컴퓨터 비슷한 게 튀어나왔다.

'집을 참 해괴하게도 개조했군.'

엘런은 능숙하게 컴퓨터를 조작했고, 서재 한쪽 흰색의 벽에 영상이 떠올랐다.

바로 각각의 CCTV가 비추고 있는 화면이었다.

녹화된 화면이었는데, 한참 동안 뚫어져라 보던 엘런의 몸이 휘청했다.

태웅이 재빨리 그의 몸을 지탱했다.

"정말 나로군. 하하하! 내가 엘리온이라니……."

너털웃음까지 짓는 걸 보니 반쯤 정신이 나간 것 같았다.

"이제라도 알았으니 다행 아닌가요? 그동안 저지른 죄나 수습하고 죗값을 달게 받아요. 그리고 앞으로는 정신을 똑바로 차리고 살란 말입니다."

"말이 쉽지 그렇게 간단히 되겠어요?"

"안 될 건 또 뭔데요? 어쨌든 당신은… 살아 있잖아요?"

태웅은 씁쓸해졌다.

살아만 있다면 뭐든 할 수 있는 법이다.

망친 인생을 고칠 수도, 떠나간 인연을 잡을 수도 있다.

자신은 이미 새로운 인생을 살고 있기 때문에 지나간 인연들에게 인사조차 할 수 없다.

'실은 내가 라이더 베스야'라고 말이다.

"만약 내가 다시 엘리온으로 돌아간다면 어떻게 하죠?"

그 말에 태웅은 정신이 번쩍 들었다.

이것이 가장 시급한 문제였다.

엘런이 깨어 있는 동안 엘리온은 잠들지 않는다.

때문에 이 대화도 전부 듣고 있을 것이다.

그 교활한 인간은 이미 지금쯤 암중으로 대책을 세우고 있을지도 모른다.

"좋아요. 이렇게 하죠. 당신 언제 엘리온으로 넘어가는지 알고 있나요?"

"그건 정확히 모릅니다. 하나하나 짚어봐야 해요."

"그럼 일단 시간이 촉박하니 녀석의 인격을 죽이거나 봉인시켜야 해요. 당장 그 테베스란 정신과 의사에게 가봅시다."

당장에라도 엘리온이 나타난다면 또다시 태웅을 이곳에서 나가지 못하게 수작을 부릴지도 모른다.

정 다급해지면 녀석을 잡고 인질극이라도 벌이면 되지만 그 지경까지 가는 것을 태웅은 원치 않았다.

둘은 서재를 나와 저택의 정문으로 향했다.

지나가면서 마주친 라이더 베스 기념 재단 직원들과 저택 관리인 등이 엘런을 보고 인사했다.

그들은 태웅에게 잠시 시선을 던졌지만, 주인의 지인으로 대수롭지 않게 생각하는 듯했다.

아무런 제지 없이 저택을 빠져나온 두 사람은 곧장 할리우드 시내에 있는 테베스 박사의 병원으로 향했다.

              *   *   *

  할리우드 시내 중심 로데오 거리에 위치한 테베스의 상담실
은 그리 크지는 않았지만 고급스럽고 한적했다.

  몇몇 VIP만을 상대하며 거액을 벌어들이고 있는, 할리우드
에서도 상위층에 속하는 인간이다.

  물론 태웅에게는 기분 나쁜 정신과 의사 이상도 이하도 아
니었다.

  "어머, 엘리온 씨. 웬일로 오셨죠?"

  카운터의 간호사가 깜짝 놀란 듯 물었다.

  상냥한 미소와 나긋나긋한 목소리가 인상적인 금발 미녀였
다.

  슈퍼모델대회에서나 볼 법한 화려한 미녀를 카운터에 앉혀
놓고 있다는 것 자체가 테베스란 인간이 어떤 인간인지 알 것
같았다.

  "오늘은 진료받으시는 날짜가 아닌데, 선생님께는 연락하셨
어요?"

  "아닙니다. 제가 급히 좀 상담 받아야 할 일이 있어서 선생
님을 뵙고 싶네요. 가능할까요?"

  "마침 안에 계시기는 해요. 그런데 정말 급한 일이신가 봐
요. 엘리온 씨가 예약도 없이 찾아오시다니……."

  그녀가 말끝을 흐리며 묘한 미소를 지었다.

대놓고 이쪽에 호감이 있는 듯한 태도이다.

'엘리온과 뭔가 있군.'

"여기 이분은 일행이신가요?"

그녀가 태웅을 가리키며 묻자 엘런이 고개를 끄덕였다.

"이 친구도 제 상담에 함께 들어가야 합니다. 선생님에겐 제가 양해를 구할 테니 잘 부탁드려요."

"알겠어요. 그럼 진료 잡아드릴게요. 잠깐 앉아서 기다리세요."

눈웃음이 유독 인상적인 그녀의 자태를 감상하며 태웅은 엘런과 함께 자리에 앉았다.

"일단 녀석을 제압부터 해야 하는데, 간호사가 방해되는군. 어떻게 할까요?"

엘런의 말에 태웅이 그의 어깨를 쿡쿡 찔렀다.

"걱정도 팔자시군요. 딱 봐도 평소에 엘리온이 저 간호사에게 작업을 쳐놓은 것 같은데, 어디든 데리고 나가면 그만 아니겠어요?"

"에엑? 그게 정말인가요?"

'여전히 눈치는 더럽게 없네.'

태웅은 그를 비웃었다.

"진료실에 들어간 후 내가 박사를 제압할 테니 당신은 그녀를 대충 아무 데나 보내 버려요."

그 말에 엘런이 고개를 끄덕였다.

"엘리온 씨, 상담실로 들어오세요!"

간호사의 낭랑한 목소리에 두 사람은 자리에서 일어섰다.

상담실 문을 열고 들어가니 왠지 익숙하게 느껴지는 얼굴의 미남자가 미간을 찌푸리며 그들을 맞이했다.

"엘리온, 무슨 일이야? 오늘 상담일도 아닌데 연락도 없이 불쑥 찾아오다니."

박사가 이쪽을 대하는 태도를 보니 두 사람 사이는 제법 스스럼없는 관계인 듯했다.

두 사람이 아무 말도 없자 그는 미련 없이 시선을 모니터로 돌렸다.

"약을 받으러 왔으면 빨리 가져가. 이번에는 양이 좀 적으니까 아껴 쓰고."

한참 동안 정적이 흐르자 그는 이상한 듯 고개를 돌려 이쪽을 보았다.

태웅은 성큼성큼 다가가 그 앞에 선 후 손을 위로 올렸다.

"엥?"

퍽!

태웅의 수도가 박사의 뒷덜미에 정확히 내리꽂힘과 동시에 그는 찍소리도 내지 못하고 책상에 얼굴을 처박았다.

"빨리 간호사를 처리해요!"

그 말에 밖으로 나간 엘런이 잠시 후 돌아왔다.

"근처 호텔로 가서 기다리라고 했습니다. 정말 뭔가 뜨거운 사이긴 했나 보네요."

태웅은 철야 작업을 한 직장인처럼 잠든 테베스 박사를 내려다보며 속으로 웃었다.

그를 어떻게 족칠까 생각하니 벌써부터 즐거워졌다.

＊　　　＊　　　＊

테베스 박사가 깨어났을 때 그는 자신의 진료실 의자 위에 결박된 채 깊이 파묻혀 있었다.

"뭐, 뭐야? 이거 왜 이래?"

그는 기절하기 전 상황을 떠올렸다.

분명 그의 고객인 엘리온과 처음 보지만 왠지 낯이 익은 동양인이 진료실로 들어왔다.

그리고 어떻게 됐더라?

"일어났군."

태웅은 그를 차가운 눈으로 내려다보았다.

캐봐야 알겠지만, 이 자식 때문에 자신이 죽었을 수도 있다고 생각하니 속이 뒤집어졌다.

"다, 당신 뭐야? 엘리온! 이게 어떻게 된 거야?"

하지만 엘런은 그의 말을 외면하며 출입구에 서 있을 뿐이었다.

"병원 문 닫았다. 간호사도 퇴근시켰고. 그 말은 우리만의 오붓한 시간이라는 뜻이지."

"뭐라고?"

"테베스 박사, 지금부터 당신이 저지른 잘못에 대해 고해성사하는 시간을 갖겠다."

할리우드에서 제일 잘나가는 정신과 의사는 황당해하며 엘런에게 소리쳤다.

"엘리온! 이 미친놈이 뭐라는 거야? 어떻게 좀 해봐!"

하지만 역시 돌아오는 대답은 없었다.

그는 엘리온이 아닌 엘런이었으니까.

이쯤 되자 테베스는 서서히 공포가 엄습하는 것을 느꼈다.

태웅은 그의 머리에 꿀밤을 먹인 후 자신에게로 시선이 향하게 했다.

"저 친구한테 말해봐야 아무 소용없어. 나한테 집중해."

"누군지 모르지만 당장 이걸 푸는 게 좋을 거야. 이건 범죄야. 알아?"

"네가 저지른 미친 짓보다는 나을걸."

"…미친 짓?"

그 말에 그는 왠지 뒤가 켕겼다.

찜찜함을 감추기 위해 그는 도리어 큰소리를 쳤다.

"내가 무슨 범죄를 저질렀다는 거야? 이 망할 자식! 어서 풀어! 경찰을 부르겠어!"

"거참, 시끄럽네."

태웅은 인상을 썼다.

"당신이 처방한 약물 성분 중 확인 불가능한 것들이 있더군. 딱 봐도 허가받은 건 아닌 것 같은데 말이야. 당국에 신고하면 어떻게 될까?"

"그게 무슨⋯⋯."

"시치미 떼지 마. 이미 증거 다 확보해 뒀으니까. 당신이 처방한 불법 약물이 누구한테 갔는지, 그리고 그 대가로 뭘 받았는지 파헤쳐지면 당신은 끝이야. 그건 잘 알고 있겠지?"

"어이없는 헛소리군."

자꾸만 시치미를 떼는 그에게 태웅은 짜증이 났다.

눈에 보이는 뻔한 거짓말을 하는 게 영 피곤한 타입이었다.

"당신은 우울증과 불면증으로 찾아온 엘런에게 그 약을 처방했지. 그리고 낸시 스완슨도 당신이 제조한 약을 복용하고 있고. 게다가 라이더 베스의 죽음에도 그 약물이 개입되어 있는 것 같더군."

그 말에 테베스 박사의 눈이 크게 떠졌다.

"라이더 베스가 죽은 건 나랑 아무 상관없어!"

"그럼 다른 두 사람은 상관있다는 거네?"

테베스는 꿀 먹은 벙어리가 되었다.

의혹에 가득 찬 눈동자를 굴리는 그의 앞에서 태웅은 주머니에서 비닐 팩에 든 뭔가를 꺼냈다.

속이 훤히 비치는 투명한 약병이었고, 안에는 알약 수십 개가 들어 있었다.

"아무 말도 하지 않을 거라면 좋아. 얌전히 법의 심판을 받으라고. 보는 바와 같이 증거는 충분히 확보해 뒀으니 징역과 의사 면허 박탈은 확실할 거야. 그래도 돈은 많이 벌어뒀을 테니 잘 먹고 잘살긴 하겠네."

"자, 잠깐. 도대체 어디서 그런 얘길 들었는지 모르겠지만 난 모르는 일이야."

당황해하던 테베스는 태웅의 얼굴을 유심히 보다가 깜짝 놀랐다.

"그런데 당신… 누군가 했는데 한국 배우 김태웅이로군."

할리우드 배우를 주 고객으로 하는 만큼 그는 평소 영화계 정보에 대해 빠삭한 편이었다.

최근 TCL 차이니즈 극장 사건으로 소란을 일으키고, 대작 영화 '삼총사: 더 웨스턴'에 주연배우로 캐스팅된 태웅에 대해서도 알고 있었다.

"얼굴도 알려진 사람이 왜 이러는 거야? 이런 일을 저질러 봐야 당신도 좋을 게 없어!"

"그건 내 사정이고, 당신은 당신 걱정이나 하라고. 당신같이 희멀겋고 연약해 보이는 타입은 감옥에서 어떤 꼴을 당하는지 알고 있지? 흐흐흐."

그 말에 테베스는 사색이 되었다.

태웅의 말대로 미국의 교도소는 힘의 논리가 지배하는 살벌한 곳이다.

평생 공부만 한 허약한 백인 남성이라면 폭행, 강간 등 교
도소 내의 온갖 범죄에 노출된다.

"대체 원하는 게 뭐야?"

목소리가 떨리는 걸 확인한 태웅은 속으로 웃었다.

"당신, 엘리온 보나파르트와 한패인가, 아니면 그냥 의사와
환자의 관계인가?"

테베스는 고개를 저었다.

"난 몰라! 그는 내 고객 중 하나일 뿐이야!"

"이 약도 그의 아이디어인가?"

"그건 아니야. 그리고 그 약 말인데, 난 의뢰인이 원하는 약
을 돈을 받고 제공해 줬을 뿐이라고."

"어쨌든 당신이 만들긴 했지."

"그건 부인하지 않겠어. 난 새로운 약을 창조하는 데 흥미
가 많은 사람이니까. 하지만 결코 그 약을 마약 대용으로 만
든 건 아니야."

그의 말에 태웅은 코웃음을 쳤다.

"마약 대용이 아니라고? 그렇게 환각성과 중독성이 심한데
도 말인가?"

"그건 성분 비율이 제대로 맞지 않았기 때문에 생긴 부작용
일 뿐이지. 원래 그 약은 사람의 매력을 극대화하기 위해 만
든 약이야."

"매력을… 극대화한다?"

뜻밖의 말에 태웅은 놀랐다.

"그래, 난 의뢰를 받고 거액과 내 자신의 지적 호기심을 충족시키기 위해 그 약을 만들었을 뿐이라고."

사람의 매력을 극대화시키는 약이라니?

세상에 그런 게 존재할 수 있을 리가 없다.

"하지만 성공은 못 한 모양이지?"

테베스는 한숨을 내쉬었다.

"절반의 성공이랄까? 분명 원래 의도한 대로 뛰어난 효과도 있었지만, 여러 가지 부작용이 너무 심했어. 의뢰인은 그것 때문에 죽었고, 약을 사용한 다른 이들조차도 제각기 망가지고 말았어."

의뢰인이 죽었다?

태웅은 어딘지 모르게 찜찜한 기분에 엘런을 돌아보았다.

그는 묘한 표정을 짓고 있었다.

사실 태웅은 테베스 박사에게 약을 만들어달라고 의뢰한 사람을 엘런으로 의심하고 있었다.

배우가 되고 싶었으나 재능이 부족한 엘런이라면 그런 약을 반드시 얻고 싶었을 것이다.

하지만 지금까지 들은 바로는 그 역시 약을 복용한 피해자일 뿐이었다.

"그럼 누가… 의뢰한 거지?"

이어진 테베스의 대답은 태웅을 극심한 혼란으로 몰아넣었다.

"라이더 베스. 그가 약의 제조를 의뢰했고, 과다 복용으로 인해 죽었어."

*   *   *

약물에 포함된 의문의 성분은 일종의 신경 독으로 시간이 경과하면 인체에서 흔적을 찾을 수 없을 정도로 완전히 사라진다.

라이더 베스 사망 후 부검에서도 별다른 이상이 발견되지 않은 것은 그 때문이었다.

죽기 직전 지독한 우울증과 공황장애에 빠져 있던 라이더는 약물의 부작용으로 기억까지 잃어버리고 말았다.

그 상태에서 그는 이 약을 과다 복용했다가 죽음의 길로 들어섰다.

'이것이 내 죽음의 전말인가?'

태웅은 어처구니가 없었다.

죽음의 길로 스스로 걸어간 것도, 저주받을 약을 탄생시킨 것도 자신이었다.

문득 그는 과연 약이 정말 실패했을까를 생각해 보았다.

그 자신은 효과를 알 길이 없다.

더 큰 매력을 얻기 위해 약물을 과다 복용했다가 사망에 이르렀으니까.

그 무렵의 자신이라면 이유는 짐작이 간다.

데이라 엔젤이 떠난 후 배우로서, 남자로서 스스로에게 지독한 열등감과 부족함을 느끼고 있었다.

역사상 최고의 배우이자 스타라는 평을 듣던 그였지만 아무런 소용이 없었다.

누구도 자신을 쉽게 떠날 수 없도록 절대적이고도 완벽한 매력을 얻고 싶었다.

결국 과한 욕심으로 인해 죽음을 맞이했다.

"엘런, 당신은 저 약에 대해 알고 있었나요?"

"그랬던 것 같아요. 기억은 나지 않지만."

그 역시 최고의 매력을 얻어 스타 배우가 되는 꿈을 이루고 싶었다.

오랫동안 약을 복용한 결과 그는 엘리온이라는 또 다른 인격을 탄생시켰다.

그리고 그 남자는 테베스 박사가 의도한 대로 사람을 미치게 만드는 마력을 지니고 있었다.

"좋아, 지금부터 내가 하는 말을 잘 들어. 당신이 꼭 해줘야 할 게 있으니까."

태웅의 말에 테베스가 긴장했다.

"뭔데?"

"이것만 해준다면 아무런 해도 가하지 않고 당신을 풀어주지. 바로 당신의 친구인 엘리온을 영원히 죽여 버리는 거야."

그 말에 테베스는 소스라치게 놀랐다.

"나보고 살인을 저지르라는 말인가?"

"살인은 살인이지. 엄밀히 따지자면 인격 살인이지만. 저기 엘런의 또 다른 인격인 엘리온 보나파르트의 인격을 영원히 없애줬으면 좋겠어."

엘런과 테베스의 시선이 허공에서 마주쳤다.

"그게 무슨… 설마……."

"그래, 저 사람은 엘리온이 아니야. 성형수술을 통해 새로운 인격과 함께 태어난 엘런이지."

진지하기 그지없는 태웅의 말에 테베스는 헛웃음을 터뜨렸다.

"하하하, 태웅 씨, 당신 괴짜라는 건 알고 있었지만 이렇게까지 이상한 사람인 줄은 몰랐군. 내 고객이 되면 최선을 다해 도와줄게."

묶인 상황에서도 여유 있는 그의 태도에 태웅의 미간이 꿈틀거렸다.

따악!

"으악!"

태웅의 꿀밤을 맞은 테베스의 이마가 마치 인두로 지진 것처럼 붉게 달아올랐다.

"지금 네 처지를 모르나 본데 너 역시 범죄자야. 어딜 깝죽대?"

"으윽……."

"시간이 많지 않아. 그러니까 서둘러서 엘리온의 인격을 없애. 알았어?"

테베스는 겁에 질린 얼굴로 고개를 끄덕였다.

결박에서 풀려난 그는 한숨을 내쉬며 엘런에게 고갯짓을 했다.

"몇 가지 실험을 해봐야 해. 일단 이미 태어나 버린 인격을 없애는 건 아무리 나라도 무리일 수 있어."

"넌 반드시 해내야 할 거다. 안 그러면 감방행 예약이야."

"쳇, 제기랄!"

그는 투덜거리면서도 이내 진지한 얼굴로 진료용 의자에 몸을 파묻은 엘런을 바라보았다.

"당신이 엘런 씨라고? 진짜 무슨 되도 않는……."

"맞습니다. 난 엘리온이 아니라 엘런이에요."

엘런은 믿을 수 없다는 표정의 박사에게 그간의 일을 설명했다.

이야기를 듣고 난 그가 멍해졌다.

"아마 난 당신이 만든 약의 효과를 알고 있던 것 같아요. 그리고 라이더가 남긴 약을 먹었겠죠. 나 역시 사람들을 매료시키는 매력이란 걸 얻고 싶었으니까요. 그 결과가 바로 엘리온이라는 또 다른 인격이고요."

테베스는 한숨을 내쉬었다.

"내 머리가 이상해질 것 같군요. 하지만 가능성이 없는 얘기는 아니에요. 하지만 인격을 없애는 건 보통 일이 아닙니다. 괜찮겠어요?"

하지만 엘런은 아무렇지도 않게 고개를 끄덕이며 말했다.

"물론. 내 안에 그런 녀석이 있는 건 영 기분이 찝찝하거든."

"이건 장난이 아니에요. 최악의 경우 엘런 씨의 인격이 사라질 수도 있어요."

그 말을 들은 엘런은 씨익 웃으며 태웅을 바라보았다.

"태웅 씨, 혹시 모르니 미리 인사해 두죠. 잠깐이었지만 당신은 정말 재밌는 사람이에요. 할리우드 최고의 배우가 될 수 있을 것 같네요."

이상하게 그는 태웅을 보며 알 수 없는 친밀감이 샘솟는 것을 느꼈다.

처음 본 사람 같지 않았고, 그리운 기분까지 들었다.

"누가 들으면 죽으러 가는 사람인 줄 알겠네. 엘리온이 깨어나기 전에 빨리 치료나 받아요."

태웅은 씁쓸한 기분을 감추며 마주 웃었다.

그는 이번 기회에 친구를 온전히 되찾고 싶었다.

나약하던 자신 때문에 많은 이들이 피해를 입었다.

이것은 모든 걸 바로잡을 수 있는 기회였다.

세상에 잘못 태어난 엘리온 보나파르트는 반드시 영원히 사라져야 했다.

"시작해도 되나?"

테베스의 물음에 태웅은 고개를 끄덕였다.

"시작해. 당신의 모든 것을 걸고 반드시 성공시켜."

*   *   *

'도대체 무슨 일이 일어난 거지?'

태웅은 아직도 얼떨떨한 기분으로 망연자실해 주위를 둘러보았다.

구석에는 테베스가 기절해 있었고, 활짝 열린 병원 문으로 서늘한 바람이 불어왔다.

'졌다. 완벽하게……'

엘리온의 인격을 죽이려던 시도는 완벽하게 실패했다.

'엘런은 죽었습니다. 여러분은 헛수고를 한 거예요.'

심리 치료 도중 깨어난 엘리온은 최면술로 태웅마저 꼼짝하지 못하게 만든 후 한마디를 남기고 유유히 사라졌다.

태웅은 절망감에 휩싸였다.

결국 엘리온이 아닌 엘런의 인격이 사라지고 말았다.

*   *   *

"미치겠군. 엘리온은 오히려 더 강력한 알파메일이 되고 말았어."

깨어난 테베스는 고개를 저으며 한숨을 내쉬었다.

"내 실수는 엘리온이 압도적으로 강한 자아와 의지를 가진 인격이라는 걸 간과한 거야. 엘런의 인격은 절대로 그를 이길 수 없었어."

"참 빨리도 깨달았네. 이제 어떻게 해야 하지?"

"뭘 어떻게 해? 이제 그의 인격을 죽이려면 말 그대로 정말 죽이는 수밖에 없어. 왜? 살인이라도 저지르게?"

"실패해 놓고 말 참 싸가지 없게 하네."

따악!

"으악!"

다시 한번 테베스의 이마에 꿀밤을 먹이자 그가 비명을 질렀다.

"반드시 녀석을 다시 데려올 테다. 그땐 꼭 고쳐놔. 성공할 때까지 넌 영원히 고통받을 줄 알아라."

"비, 빌어먹을……."

태웅은 이마를 부여잡고 고통에 몸부림치는 테베스를 두고 병원을 나왔다.

엘리온이 어디로 갔을지 생각하자 더욱 다급해졌다.

태웅은 그가 어디로 향할지 알고 있었다.

자신이 죽을 뻔한 이상, 결코 그냥 넘어갈 인간이 아니었다.

'서둘러야 해!'

치료 도중 깨어난 엘리온을 엘런으로 착각하는 바람에 한 동안 그가 하는 짓을 막지 못하고 지켜보기만 했다.

그의 눈빛과 목소리, 손동작을 이용한 최면술에 태웅은 꼼짝할 수가 없었다.

만약 다른 평범한 사람들이라면 저항이나 할 수 있을까?

자택으로 향한 그는 아무런 제지 없이 문이 열려 있는 것을 보았다.

"태선아!"

황급히 안으로 들어서자 소파에 앉아 있는 세 사람의 모습이 눈에 들어왔다.

태선과 고서윤은 허리를 반듯하게 세운 자세로 정면을 바라보고 있었다.

딱 봐도 정상은 아닌 것 같았다.

"너 이 자식!"

현관문을 등지고 앉아 있던 엘리온이 자리에서 일어나 뒤로 돌았다.

태웅은 전력으로 달려가 그에게 주먹을 휘둘렀다.

퍽!

강력한 일격을 당한 엘리온이 구겨진 종이처럼 날려갔다.

카펫이 깔린 바닥에 처박힌 그는 한동안 일어나지 못했다.

태웅은 두 사람의 어깨에 손을 얹고 흔들었다.

"너네 괜찮아?"

그의 질문에 멍한 눈빛으로 앉아 있던 둘이 정신을 차린 듯 움찔했다.

"…오빠?"

"…형님이군요."

두 사람을 본 태웅은 안도의 한숨을 내쉬었다.

다행히 별다른 해는 입지 않은 것 같았다.

"어떻게 된 거야? 저 자식이 무슨 짓을 했지?"

그의 물음에 고서윤이 바닥에 처박힌 엘리온을 보고 벌떡 일어났다.

"이럴 수가? 저 남자가 왜 집 안에 들어와 있지?"

경악하는 걸 보니 안 봐도 훤했다.

그 역시 녀석의 최면술에 당한 것 같았다.

"저자는 최면술을 쓸 수 있어. 그것도 아주 간단하게. 그러니까 저자를 상대할 땐 항상 조심해야 해. 오랫동안 눈을 마주치거나 하면 위험해."

테베스의 병원에서는 방심하다가 당했다.

그가 최면술을 쓸 수 있다는 걸 미리 알고 조심하면 방어할 수 있으나, 그 사실을 모르거나 경계심 없이 대했다가는 쉽게 홀려서 노예 신세가 될 수 있었다.

"역시 주먹이 맵네요."

태웅은 소리가 들려온 곳을 향해 고개를 돌렸다.

어느 샌가 벌떡 일어난 엘리온이 턱을 매만지며 웃고 있었다.

"매운맛 더 보게 해줄까?"

태웅이 주먹을 불끈 쥐는데 그가 손바닥을 내저으며 말했다.

"한 방이면 충분해요. 그리고 당신은 더 이상 날 못 때립니다."

"어째서지? 난 당장에라도 널 죽이고 싶은데."

"왜냐면 내가 여러분에 건 최면은 반영구적이거든요. 태웅 씨에게는 시간이 없어서 암시를 하나밖에 못 걸었습니다만, 두 분과는 충분한 시간이 있었습니다."

태웅은 뒤통수를 맞은 듯한 충격을 받았다.

역시 두 사람은 무사한 것이 아니었다.

"당장 그 암신지 나발인지를 풀지 않으면 넌 먼지 나게 맞게 될 거다."

그는 성큼성큼 엘리온에게 걸어갔다.

하지만 엘리온은 조금도 움츠러들지 않고 도리어 미소를 지었다.

미소 짓는 엘리온에게 휘두른 태웅의 주먹은 놀랍게도 그의 코앞에서 정지 버튼을 누른 것처럼 멈췄다.

'이게 어떻게 된 거지?'

당혹스럽다.

분명 전력을 다해 휘둘렀는데, 진심으로 요절을 낼 생각이었는데 주먹이 이 밉살스러운 녀석의 코앞에서 움직이지 않았다.

"일단 태웅 씨에게는 제 몸에 위해를 가할 수 없는 암시를 걸었습니다. 물론 아까처럼 그냥 맞아드릴 수도 있지만, 일단 제가 어떤 신호만 입력하면 간단하게 발동이 되죠."

"후······."

냉정해질 필요가 있었다.

화가 머리끝까지 치솟았지만 저 말대로라면 자신은 그에게 폭력을 행사할 수 없었다.

"쟤들한테 뭔 짓 했어?"

"그건 비밀입니다."

"너 이 새끼······."

"물론 제가 앞으로 두 분에게 어떻게 행동할지는 태웅 씨의 태도에 달려 있습니다. 전 평화주의자고 승부를 즐깁니다. 그러니까 저와 게임을 해보는 게 어떨까요?"

"게임?"

태웅은 울컥했다.

사람의 정신을 장악하고 가지고 노는 걸 한낱 게임이라고 생각하다니, 소시오패스가 틀림없는 놈이었다.

"네 바보 같은 장단에 맞춰줄 생각은 없지만, 어디 들어나

보자."

그 말에 엘리온은 희미하게 웃었다.

"태웅 씨도 좋아할 걸요? 당신도 할리우드를 떠들썩하게 만든 괴짜라는 거 알고 있습니다. 저도 TCL 차이니즈 극장 사건이나 한국에서 태웅 씨가 벌인 일들 검색해서 찾아봤어요. 이사람이라면 나랑 같이 정말 재밌는 게임을 할 수 있겠다 싶었는데… 이렇게 제 발로 찾아와서 기회를 만들어주니 감사할 뿐입니다."

그제야 태웅은 그가 자신의 집에 먼저 찾아온 이유를 알 수 있었다.

애당초 그는 태웅에 대해 알고 있었고, 타깃으로 삼은 것이었다.

"그래서 대체 무슨 게임을 하겠다는 건데?"

"당신의 연기는 마력이 있어요. 사람들을 절로 빨아들이죠. 첫 번째 주연을 맡은 영화로 칸 남우주연상을 타다니 어지간한 배우라면 꿈도 꿀 수 없는 일이죠. 그걸 보니 엄청 질투가 나더군요."

그는 잠시 뜸을 들인 후 말을 이었다.

"이게 좋겠어요. 누가 아카데미 남우주연상을 먼저 타는가? 태웅 씨가 이기면 세 분께 걸린 암시를 풀어드리죠."

"하……!"

태웅은 어이가 없었다.

목숨을 걸고 싸우자는 것도 아니고 고작 상 하나를 누가 먼저 타느냐를 놓고 경쟁을 하자니…….

"지금 나랑 장난하자는 거야?"

"그렇게 느끼셨으면 죄송하지만, 저한테는 대단히 중요한 일입니다. 전 배우가 되고 싶어서 태어난 사람이에요. 오랫동안 배우를 꿈꿔왔지만 재능과 외모의 한계로 꿈을 이룰 수 없던 엘런 씨의 자아에서 탄생한 배우. 당신같이 타고난 재능을 가진 사람이라면 제 심정을 모를 겁니다. 연기에 대한 끝없는 갈증, 스타가 되고 싶은 지독한 욕구… 제 삶의 의의는 오직 그겁니다."

"그걸 왜 나랑 경쟁하자는 거야? 지금 당장 세계적인 스타 배우가 여기 할리우드에 바글바글한데."

태웅의 말에 그는 고개를 저었다.

"글쎄요. 저도 할리우드 생활을 하고 있는 중입니다만, 태웅 씨만큼 압도적인 재능을 가진 사람은 없어요. 굳이 비교해 보자면 라이더 베스 정도? 하지만 아시다시피 그는 이미 죽었어요."

'그거야 당연하지.'

얼토당토않은 논리지만 애당초 정상적인 놈이 아닌 이상, 그런 게임을 요구한다면 차라리 나왔다.

"좋아, 그럼 네 소꿉장난에 상대해 줄게. 대신 그동안 저 두 사람에게 장난칠 생각은 꿈도 꾸지 마. 그럼 내 모든 것을 걸고 이 암시를 푼 다음 널 없애 버릴 테니까."

"역시 무섭네요. 그건 약속드리겠습니다."

문득 태웅은 의아한 생각이 들었다.

"그런데 네가 이긴다면 넌 뭘 원하지?"

태웅이 이길 경우 엘리온이 세 사람에게 건 암시를 푸는 조건이다.

하지만 이 남자 역시 태웅에게 바라는 것이 있다는 느낌이 들었다.

"제가 이긴다면 당신의 비밀을 말해주길 바랍니다."

"비밀?"

왠지 등골이 서늘했다.

엘리온은 태웅에게 성큼 다가와 얼굴을 내밀었다.

"당신이 엘런의 집 개인실에 어떻게 침입할 수 있었는지, 그리고 진짜 당신의 정체가 무엇인지 나에게 솔직하게 털어놓길 바랍니다. 내가 승리한다면 말이죠."

태웅은 식은땀이 흐르는 것을 느꼈다.

상대가 또 무슨 수작을 부릴지 몰라서이기도 했지만 그보다 더 큰 것은 당혹스러움이었다.

확실히 완벽한 보안 시스템이 갖춰진 집에 침입하여 엘런을 구한 것, 그리고 그 이유에 대해 엘리온은 무척 궁금해하고 있었다.

"꼭 그걸 조건으로 해야 하나?"

"그렇습니다. 이 게임을 시작하기 위한 필수 요소죠. 내가 이긴다면 당신은 반드시 모든 것을 솔직하게 털어놔야 합니다. 거짓을 말한다고 해도 소용없습니다. 난 그걸 꿰뚫어 볼 수 있거든요."

'지가 거짓말탐지기도 아니고……'

태웅은 기가 막혔다.

하지만 만약 그가 최면술을 이용한다면 정말로 타인의 거짓말을 판별할 능력을 가졌을 수도 있었다.

"좋아, 어디 한번 해보자. 그리고 미리 말해두는데, 오늘 너한테 못 날린 주먹은 내가 이기는 날 반드시 제대로 먹여줄게."

엘리온은 태웅의 말에 희열에 찬 듯 미소 지었다.

"아주 좋아요. 그럼 게임을 시작하도록 하죠. 앞으로도 이웃사촌으로 잘 지내봅시다. 하하하!"

그는 기쁨에 찬 얼굴로 태웅을 스쳐 지나갔다.

"도대체 무슨 일이 있었던 겁니까, 형님?"

엘리온이 사라지고 난 후 고서윤이 의혹에 가득 찬 목소리로 물었다.

"얘기하자면 긴데……."

태웅은 어젯밤부터 있었던 일을 적당히 가감하여 얘기했다.

이야기가 끝난 후에도 두 사람의 의혹은 풀리지 않는 것 같았다.

특히 태선은 무슨 말인지 아직도 이해가 안 된다고 했다.

"도대체 거긴 왜 간 거야? 그리고 오빠의 정체? 그냥 바보일 뿐이지 뭐 대단한 게 있다고 저 사람이 궁금해하지?"

역시 훌륭한 여동생이다.

"일단 너희는 정신과부터 가보자. 저 변태 같은 놈이 약속하긴 했지만 또 무슨 짓을 할지 모르니까. 암시란 게 정말 걸려 있는지, 그리고 제거할 수 있는지 검사부터 받아보자고."

그 말에 둘은 고개를 끄덕였다.

고서윤은 뭔가 할 말이 많은 것 같았지만 애써 내리누르고 있는 듯했다.

"일단 쉬시죠, 형님. 행색이 말이 아니십니다."

"그럴까?"

시간으로 치면 고작 하루도 안 되어 일어난 일.

하지만 몇 년은 지난 듯 피로가 쌓였다.

그의 머릿속에 그간 겪은 일이 주마등처럼 흘러갔다.

엘리온의 정체, 자신이 전생에서 죽은 이유…….

그리고 영원히 세상에서 사라지고 만 옛 친구.

"태웅 씨, 혹시 모르니 미리 인사해 두죠. 잠깐이었지만 당신은 정말 재밌는 사람이에요. 할리우드 최고의 배우가 될 수 있을 것 같네요."

엘런이 마지막으로 남긴 말이 떠올랐다.

그는 이미 자신의 죽음을 예감하고 있었는지도 모르겠다.

엘리온이라는 또 다른 인격이 원래 자신보다 훨씬 강렬하고 집요한 의지를 가지고 있다는 것, 그리고 그 힘으로 몸의 새로운 주인이 될 거라는 것까지.

이미 그가 엘리온의 얼굴로 성형수술을 한 시점에서 정해져 있던 일인지도 모른다.

'잘 가, 나의 오랜 친구. 오랜만에 만나서 정말 반가웠어.'

태웅은 오랜 친구에게 마음속으로 작별 인사를 했다.

『배우, 미친 흡입력』 7권에 계속…

초대형 24시 만화방

신간 100%, 샤워실, 흡연실, 수면실(침대석), 커플석, 세탁기 완비

■ 광명 광명사거리역점 ■

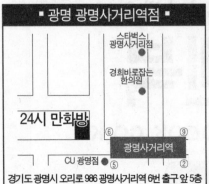

경기도 광명시 오리로 986 광명사거리역 6번 출구 앞 5층
02) 2625-9940 (솔목타워 5층)

■ 강북 노원역점 ■

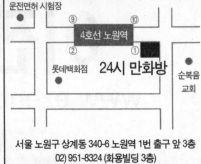

서울 노원구 상계동 340-6 노원역 1번 출구 앞 3층
02) 951-8324 (화용빌딩 3층)

■ 일산 정발산역점 ■

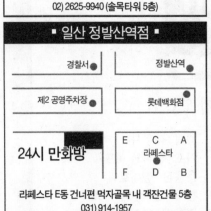

라페스타 E동 건너편 먹자골목 내 객잔건물 5층
031) 914-1957

■ 일산 화정역점 ■

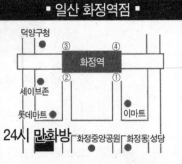

경기도 고양시 덕양구 화정동 984번지 서일빌딩 7층
031) 979-4874 (서일사우나 건물 7층)

■ 부천 역곡역점 ■

역곡남부역 기업은행 건물 3층
032) 665-5525

■ 부평역점 ■

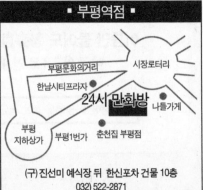

(구) 진선미 예식장 뒤 한신포차 건물 10층
032) 522-2871

FUSION FANTASTIC STORY

요람 장편소설

전장의 저격수

사회 부적응자이자 아웃사이더인 석영은
게임을 하다 지구의 종말을 맞이한다.

episode1:
잠에서 깬 용사의 시대를 시작하시겠습니까?
Y/N

하지만 깨어나 보니 세상은 멸망하지 않았다.
아니, 현실 같은 게임 속 세상이 펼쳐져 있었다!

현실보다 더 험난한 '리얼 라니아(real RAnia)'.
과연 석영은 살아남을 수 있을 것인가.

이제, 리얼 라니아의 전설이 시작된다!

Book Publishing CHUNGEORAM

유행이 아닌 자유추구 -
WWW.chungeoram.com

승소머신 강변호사

가프 장편소설

FUSION FANTASTIC STORY

승소머신을 꿈꾸는 연전연패의 패소머신 강창규.
귀신을 먹어야지만 대성할 수 있다고?

죽음의 위기에서 찾아온 기회!
혼귀국(獨鬼國)의 전속 변호사가 된 그의 놀라운 변신!!

억울한 일 있으세요?
똘똘한 변호사 한 명 소개해 드려요?
귀신 뺨치는 변호사가 여기 있습니다.

운발 제로 찌질 변호사의 인생 반전 성공기!

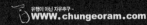

Book Publishing CHUNGEORAM

유행이 아닌 자유추구 -
WWW.chungeoram.com

FUSION FANTASTIC STORY

임영기 장편소설

상남자 스타일

의뢰 성공률 100%를 자랑하는 만능술사 '골드핑거' 강선우.
사실 그에겐 말 못 할 비밀이 있는데…….

바로 신족의 가문 '신강가(神姜家)'와
다국적 기업 '스포그(SFOG)'의 도련님이라는 사실!

*"내가 만능술사를 하는 이유는
세상을 이롭게 하기 위해서야."*

돈이면 돈, 권력이면 권력, 능력이면 능력.
모든 것을 다 가진 그가 해결 못 할 의뢰는 없다!
지금 전 세계가 그의 행보에 주목한다!

Book Publishing CHUNGEORAM

유행이 아닌 자유추구 -
WWW.chungeoram.com

한의 韓醫
스페셜
리스트

가프 장편소설

FUSION FANTASTIC STORY

돌팔이 소리만 듣던 한의사 윤도.

달라지고 싶은 마음에 찾아간 중국 명의순례에서
버스 추락 사고에 휘말리고 마는데······.

구사일생으로 살아 돌아온 지 30일.
전에 없던 스페셜한 능력들이 생겼다?

초짜 한의사에서 화타, 편작 뺨치는 신의로!
세상의 모든 질병과 인술 구현에 도전한다!

Book Publishing CHUNGEORAM

유행이 아닌 자유추구─
WWW.chungeoram.com